U0075820

少年陰陽師

しょうねん　おんみょうじ

少年陰陽師 肆拾陸

朽木之陰

朽木のひずみに群れ集え

結城光流—著　涂愫芸—譯

重要人物介紹

藤原彰子
左大臣藤原道長家的大千金，擁有強大的靈力。現在改名叫藤花。

小怪
昌浩的最好搭檔，長相可愛，嘴巴卻很毒，態度也很高傲，面臨危機時便會展露出神將本色。

安倍昌浩
十七歲的半吊子陰陽師。父親是安倍吉昌，母親是露樹。最討厭的話是「那個晴明的孫子?!」

六合
十二神將之一的木將，個性沉默寡言。

紅蓮
十二神將的火將騰蛇，化身成小怪跟著昌浩。

爺爺(安倍晴明)
大陰陽師。會用離魂術回到二十多歲的模樣。

朱雀

十二神將之一，是天一的戀人。

天一

十二神將之一，暱稱是「天貴」。

勾陣

十二神將之一，通天力量僅次於紅蓮。

太陰

十二神將之一的風將，個性和嘴巴都很好強。

玄武

十二神將之一，乍看是個冷靜、沉著的水將。

青龍

十二神將之一，從以前就敵視紅蓮。

脩子
內親王，因神詔滯留伊勢。

安倍昌親
昌浩的二哥，是陰陽寮的天文得業生。

安倍成親
昌浩的大哥，是陰陽博士。

天空
十二神將之一的土將，是十二神將的首領，雖然眼盲，但內心澄明。

風音
道反大神的愛女。以前她曾想殺了晴明，現在則竭盡全力幫助昌浩。

藤原敏次
陰陽得業生，在陰陽寮裡是昌浩的前輩，個性認真，做事嚴謹。

逐漸毀壞了。
逐漸被毀壞了。

1

不分晝夜，時時在睡夢中遊蕩。
只為了等待心愛的女人。

微弱的拍翅聲掠過耳際。
不，說不定根本沒有那樣的聲音。
當他不經意地提起「那個聲音」時，隨侍在側的人都滿臉疑惑，面面相覷。
他們的表情訴說著「什麼也沒聽見」。
他們說沒有那種聲音，所以那是幻聽。
但是，大家很快就會笑著幫他粉飾太平。
——是風聲吧。
——不，是樹木的葉子凋謝，悄悄飄落的聲音。
——是腳步聲太吵了嗎？

——是衣服摩擦聲聽起來不舒服嗎？

——皇上的耳力太好了……

這些答非所問的人，試著擠出笑容，但失敗了。

他們表情緊繃、眼神飄忽不定，甚至有人聲音僵硬、身體發抖。

——是嗎？可能是吧。

所以，他不再提了。

是什麼都無所謂，他也不想知道真相。

只要自己聽得見就行了。

因為那是預報某人即將到來的前兆。

「喀……喀……」

從當今皇上紫色的嘴唇溢出了悶重的咳嗽，他喘著氣，茫然地抬起了眼皮。

好暗。

床前排列著好幾個屏風，輪值的侍女應該都在那裡待命，他卻感覺不到她們的氣息。

倒是聽見了嬌喘般的微弱聲音。

皇上「呵……」地露出微笑，稍微張開了乾裂的紫色嘴唇。

聲音漸漸大聲、漸漸靠近。

他慢慢轉動脖子，往床帳望去。

有個身影浮現在黑暗中。

這裡沒有點燃燈火，懸掛在屋簷下的燈籠也照不到這裡。

然而，那個人的影子卻清楚地映在床帳上。

床帳搖晃起來，皇上看見纖細的手指從縫隙伸進來。

那個身影以優美的姿態掀開床帳，溜上了床。

就在皇上的注意力都被床帳吸引的瞬間，那個身影發出衣服摩擦聲，靠近枕邊，凝視著皇上。

光滑柔順的烏黑長髮，散落在皇上的臉的周圍。

皇上開心地看著連黑夜都黯然失色的黑髮框住的白皙的臉。

「定子……」

低喃的聲音一天比一天虛弱，漸漸變得沙啞。

被叫喚的女人，把臉湊近皇上，夢幻地笑著。

『皇上……』

喘息般的呢喃，輕撫著皇上的耳朵。

冰冷的呼氣，宛如含著冰，吐在眼皮上，皇上不由得閉上了眼睛。

響起了衣服滑脫的摩擦聲。

女人身上的衣服輕輕滑落，露出只披著黑髮的蒼白肩膀。

冰冷的手指撫摸著皇上的臉。

『我的心上人……』

「定子……」

皇上也想撫摸她，但是，強烈的疲憊感讓他連一根手指都抬不起來。

每吸一口氣，胸口深處就逐漸發冷。

逐漸變得比女人冰冷的手更冷、比女人冰冷的手心更冷、比皇上被毫無血色的嘴唇親吻的胸口更冷。

『唉……』

女人發出嘆息聲。

不覺中，床帳裡滿滿都是拍翅聲。

『我好想……回到……你身邊……』

皇上的眼皮震顫起來。

「回來吧……回來吧……回到我……身邊……！」

使出渾身力氣的皇上，抬起癱軟的手，抱住女人的裸體說：

「求求妳……回來吧……」

然而，女人緩緩搖著頭說：

『那麼做……會違背天理……』

「我不在乎！」

反彈似地大叫的聲音，被無數的拍翅聲淹沒了。

女人露出悲哀中含帶竊喜的微笑。

『不可以……不過……』

女人欲言又止，皇上迫不及待地盯著她。目光游移的女人，又宛如吐氣般接著說：

『你……願意給我的話……』

「給妳什麼……妳要我給妳什麼……」

女人把臉湊近皇上，發出吹氣般的聲音。

『如果……你願意……把蝴蝶給我……』

「那是……」

皇上還來不及反問，女人的嘴唇就把他的聲音封住了。

『把你的……白色蝴蝶……給我——』

親吻間歇時說的話的語尾，與從男人嘴唇溢出來的悶咳重疊了。

覺得意識越來越模糊的皇上，恍恍惚惚地思索著。

為什麼這麼冷呢？

她的手指、她的手、她的肌膚，以前都很溫暖啊。

皇上很快就想起來了。

因為她是從黑暗的地方回來的。

那麼，把她想要的東西給她，她就不必再回到那個黑暗的地底下了。

「咯……」

從男人嘴巴溢出了悶咳。

女人露出一絲微笑，看著臉部扭曲的男人——

◇　◇　◇

山邊天際一刻刻地轉為魚肚白。

即便是夏天，山上的黎明還是會冷。

「——」

年輕人覺得冷，便把身體緊貼在旁邊的一大團毛球上，閉上了眼睛。

縮成一團的大毛球，是他最重要的家人。

不過，只剩下一隻了。

「哇，嚇我一跳……」

聽到背後的聲音，年輕人張開眼睛站起來，回頭往後看。

是個十多歲的女孩，瞪大眼睛站在那裡。

「你不在房間裡，我正在想你跑哪去了呢。」

「……」

她嘆口氣，對無言地看著自己的年輕人說：

「你忘了嗎？我叫小野螢，這裡是播磨國菅生鄉首領的宅院。是那隻狼把你帶來

了這裡。我想問你，你和那隻狼為什麼會全身都是傷？」

眼神犀利的螢，一口氣把話說完。

「你認識冰知嗎？」

聽到這個名字，年輕人才有了反應。

「冰知……」

「對，他就像……我重要的家人。」

螢的回答，讓年輕人的眼皮震顫起來。年輕人聽得出來，螢的語氣蘊含著種種情懷。

他看看螢，再看看狼，以緩慢的動作撫摸動也不動的狼的頭，開口說：

「多由良也是……」

螢眨了眨眼睛。

「也是我重要的最後一個家人。」

「是嗎……」

年輕人的表情彷彿是自己受了傷，他看著狼受傷的左眼，把額頭貼在毛團上。

然後，他確認似地低喃：

「冰知……」

螢很有耐性地等著他說下去。

年輕人把臉埋入灰白交雜的灰黑色毛團裡，在記憶中搜尋。

環繞菅生鄉的山際天空，漸漸染上了黎明的色彩。

螢注視著文風不動的年輕人，腦中浮現昨日的情景。

黃昏時，年輕人醒來過一次。

螢和姪子時遠一起觀察狼的狀況時，從屋內傳來了呻吟聲。

她跑上外廊，衝進屋內。

躺在墊褥上的年輕人，全身汗水淋漓，仰望著天花板的樑木。

聽見腳步聲，年輕人慢慢轉移了視線。螢要開口叫他時，夕霧拉住她，把她拖到了背後。

「夕霧？」

「妳退後……他的眼神有問題。」

看到夕霧緊張的表情，螢驚覺地倒抽了一口氣。

眼睛眨也不眨地看著他們的年輕人，臉上幾乎沒有表情可言。

因為大量出血，皮膚宛如屍蠟。沒有生氣、面無表情的臉，只有一雙眼睛閃閃發亮。

那是被逼到絕境的人的眼睛。

螢慢慢向後退，以免刺激年輕人。在她移動到安全無疑的位置之前，夕霧的視線沒有離開過年輕人。

過了一會，夕霧冷靜地開口問：

「你是什麼人……」

螢無言地眨了眨眼睛。

他們兩人都聽了狼說的話，可是光那樣，資料還是嚴重不足。在那種狀態下，想必狼不會說謊，但也不能盡信。

看到夕霧嚴厲的目光，年輕人的眼皮震顫起來。

「我……是……」

沙啞地低喃後，他猛然瞪大眼睛，臉上總算有了表情。

「多……多由良呢……?!」

充斥年輕人雙眸的異樣光芒，忽然轉為柔和，取而代之的是充滿人性的感情色彩，瞬間擴散開來。

螢張大了眼睛。

那個目光十分強烈，感覺卻有點像失去父母親的小孩。

多由良是那隻有著灰黑色毛的奇特妖狼嗎？

「多由良呢？多由良呢？他在哪裡……?!該不會……」

可能是想到最糟的狀況，氣色已經很差的臉又更蒼白了。

同時，年輕人的目光泛起了受傷野獸般的兇惡神色。

螢察覺夕霧的殺氣悄然而生，把嘴巴緊閉成了一直線。

年輕人掙扎著想靠手肘撐起身體，螢越過夕霧身旁，衝到年輕人旁邊跪下來。

「放心，狼在外面。」

「螢！」

響起了斥責聲，但螢沒理會，看著年輕人說：

「它遍體鱗傷，差點沒命，但現在睡著了。」

年輕人注視著冷靜地告訴自己的螢，顫抖著嘴巴說：

「它真的……真的……活著嗎……」

傷痕累累的狼是耗盡最後的力氣，把身負重傷的年輕人背到了這裡吧？

它可能是抱定了決心，非把年輕人送到值得託付的人的手上不可。

「是啊，它還活著。如果你能動，我就帶你到外廊。見到它，你就可以放心了吧？」

螢邊說邊瞥夕霧一眼。她說要帶年輕人去外廊，可是，光憑她瘦弱的身軀，絕對無法攙扶年輕人。

夕霧滿臉不情願，但什麼話也沒說。

年輕人望向隔開外廊與房間的板窗，忽地瞇起了眼睛。

像是放下了心中的大石頭，喘了一口大氣。

「太好了……」

可能是搜尋到多由良的氣息，確定螢沒有說謊，終於放心了。

四肢伸直平躺的年輕人，呼吸十分急促。仔細一看，他的額頭滿是汗水。

是那種狀況不太好時的汗水。這樣下去，身體會發冷。

螢把視線投向夕霧。明白意思的夕霧，去隔壁房間的唐櫃拿來新的衣服和毛巾，

默默放在螢的旁邊。

「最好趁能動的時候，把汗擦乾，換件衣服。你想一個人獨處的話，我們就先出去……」

年輕人似乎現在才想起要問他們。

「你……你們究竟是……」

看到擺著臭臉站在螢背後的夕霧，年輕人皺起了眉頭。

「我才想問你呢。」

夕霧不悅地回應，螢舉起一隻手勸阻了他。

「我們是……呃，該從哪裡說起，你們才聽得懂呢？」

年輕人的視線飄忽不定。

「我們……要去播磨的赤穗郡。」

螢點點頭說：

「這裡是位於赤穗郡的菅生鄉，我是這個鄉的首領的家人。我叫小野螢，他叫夕霧。」

「螢……夕霧……」

年輕人喃喃複誦，螢歪著頭問：

「那隻狼……叫多由良嗎？它叫你螢祇比古。」

「我叫比古。」

「比古？」

「請叫我比古。」

聽他的語氣，似乎不太希望人家稱呼他螢祇比古，起碼是不希望螢他們這麼稱呼他。

螢和夕霧也比一般人清楚名字的重要性。

「我知道了。」

看到螢沒深究理由，一口就答應了，比古的臉色稍微和緩了一些。

「多由良的情況怎麼樣？」

比古擔心到扭成一團的臉，像白紙一樣蒼白。

「我幫他治療了傷口。能做的我都做了。左眼的傷勢太嚴重，說不定治不好，你要有心理準備。」

螢刻意用不帶感情的語氣淡淡地說。

比古閉起眼睛，用一隻手掩住了臉。

「都怪我不好……」

這句話的意思令螢好奇，但再繼續說下去，會對比古造成很大的負擔。

螢與夕霧交換個眼色，站起身來。

「有話明天再說，稍後我叫人送水來，今晚你好好睡吧。」走出去前，螢又回頭對比古說：「啊，還有。」

比古似乎一下子把體力都消耗光了，吃力地轉向螢。

「你昏迷前，提到了昌浩的名字。」螢對張大眼睛的比古笑著說：「如果你說的是大陰陽師安倍晴明的孫子，那是跟我很熟的傢伙。」

「咦……」

聽到這句話，比古驚訝得說不出話來。螢對他揮揮手走了。

與夕霧回到妖狼那邊，就看到時遠憂心忡忡地抱著膝蓋坐在那裡。

「啊，姑姑。」

時遠眼睛一亮，站起來衝向螢，螢穩穩地抱住了他。

「抱歉、抱歉，狼怎麼樣了？」

「還是一樣，一直在睡覺。」

螢點點頭，撫摸時遠的頭說：

「謝謝你看著它。」

時遠開心地笑了。螢彎下膝蓋，配合他的視線高度說：

「那隻狼叫多由良呢，我剛才聽說的。」

「多由良？」

「對。」

「那個人還好嗎？」

那個人是指比古。

時遠也擔心那個來歷不明的年輕人。

「嗯，還好，已經醒了，所以應該沒事了。」

「哦。」時遠轉頭對著多由良說：「他沒事了呢，太好了。多由良，他對你很重要吧？」

「嗯？」

「因為，」時遠把頭轉向姑姑，再望向緊閉的板窗說：「它滿腦子只想著那個人啊，完全沒想到自己也受了那麼重的傷。」

時遠在多由良前面跪下來，伸出手，把掌心放在狼受傷的左眼上方。

「它都沒有喊過一聲痛，」時遠對眨著眼睛的螢和夕霧笑著說：「可是，姑姑一說那個人沒事了，它就好像想起了自己的疼痛，邊睡邊嗚嗚叫了起來。」

淚水從昏迷的狼的眼睛撲簌撲簌流下來，證實了小孩子說的話。

「乖、乖。疼痛啊、疼痛啊，快飛走，飛去其他狼那邊。」

看到時遠迅速做出驅趕的動作，夕霧不勝唏噓。

「不愧是……時守的兒子。」

螢「嗯」地回應。

「而且是妳的姪子，就某方面來說，將來恐怕很不得了。」

「你是什麼意思……」

螢真的板起了臉。

◇　◇　◇

一直在記憶中搜索的比古，把臉埋在多由良的毛團裡，緩緩開口說：

「我是在讚岐與阿波國境遇見了冰知。」

螢也想起了冰知走的路線。

收到的報告說，會經由海路從備前到四國，再從讚岐進入阿波。

冰知沿著這條路線，蒐集了各種傳聞。

「我們在奧出雲調查樹木枯萎的真相，所以……」

「等等。」螢打斷比古的話，疑惑地說：「樹木枯萎？你是誰？為什麼知道這件事？你在奧出雲調查，為什麼會跑到讚岐與阿波的國境？」

被接二連三逼問的比古，抬起頭說：

「到處都是樹木枯萎、氣枯竭，所以我去調查這件事。」

「等等、等等，呃……」

螢按著太陽穴，瞇起了眼睛。

對了，狼在說出瑩祇比古這個名字之後，是不是說了什麼？

他認識安倍晴明的孫子、與奧出雲有關、在調查樹木枯萎。

——九流……

「你是——九流族的後裔？」

被說中的比古，擺出掩護多由良的姿勢。

「你們是……」

從年輕人全身迸出殺氣。

看到比古露骨地顯現戒心，螢聳聳肩說：

「我昨天不是說過嗎？我是昌浩的……呃……算是有點遠的親戚……」

忽然，從背後傳來冷冰冰的咆哮聲。

「退下，九流後裔，不准你動螢一根寒毛！」

比古屏住氣息，轉頭往後看。

不知何時，長白髮、紅眼睛的年輕人，已經繞到比古背後。

夕霧手上的短刀刀尖，抵在比古的脖子上。

螢看著持刀恐嚇的夕霧、動彈不得的比古，無奈地大叫：

「喂，可不可以不要在人家的庭院製造恐慌？比古，你的戒心也太強了。」

介入兩人之間的螢，聳聳肩接著說：

「把我的話聽完嘛。我的眼線去過你們那裡吧？我是神祓眾首領家的人。」

然後，螢又補上一句：

「不久前，昌浩還待在這裡呢。回想起來，他也提過你。」

因為沒問名字，所以耗了這麼久，才想到這個年輕人是九流族的後裔。

比古還是沒放下戒心，瞥了多由良一眼。

「對了……」

以前聽多由良說過。

不知道為什麼誤闖播磨國，在那裡遇見了懷念的人。

原來那就是昌浩？

「這樣啊……對了……我是要去神祓眾的鄉里。」

「就是這裡啊。」

「啊……」比古按著頭，又甩甩頭。「對了……冰知叫我……來向這裡的首領報告……」

忽然，比古的心臟異常地跳動起來。

「唔……」

心跳聲在耳朵裡震響，突如其來的痛楚貫穿腦際。

「唔！」

令人窒息的劇烈疼痛刺穿太陽穴，比古蹲下來，喘個不停。

「比古？你怎麼了？振作點啊！」

螢的聲音在劇痛與悸動之間逐漸模糊。

「冰知叫你來報告什麼？到底發生了什麼事——」

所有聲音噗呲中斷了。

寂靜中，只聽見水滴淌落的聲音。

呸鏘……

2

所有的世界都相互連接。

「朱雀？」

叫喚卻沒有回音。

轉頭一看，閒散地躺在旁邊的朱雀，不知何時閉上了眼睛。

十二神將天一凝視著紅髮紅如火焰燃燒的朱雀的臉。

「朱雀？」

剛才還聊著有的沒有的話，聊到一半突然中斷，原來是意識不知道飛到哪裡去了。

從尸櫻界回來後，朱雀昏昏沉沉地睡了很長一段時間。

在這個十二神將誕生的異界，他慢慢恢復了神氣，也終於清醒了，但睡著的時間還是比較多。

而且，經常是毫無預警地突然睡著。

這次也是這樣。

天一伸出纖細的手指，觸摸動也不動的情人的臉，撫過他下顎的線條。

朱雀沒有反應，呼吸規律，睡容祥和。

在那個尸櫻界，十二神朱雀耗盡了神氣，又被壓榨到極限。還能保住一條命，算是奇蹟了。

神氣越強，在那個世界的耗損越大。

天一和玄武、白虎都恢復得差不多了，青龍和朱雀的復元速度卻非常緩慢。

即使醒來，只要再睡著，不管怎麼叫，或是附近有人走過，都不會有任何反應。

身為鬥將的青龍，以及神氣強度僅次於鬥將的朱雀，很少會陷入這種毫無防備的狀態。不，應該說從來沒有過。

可見他們受到的打擊有多大、有多深。

青龍也一樣。儘管表現得生龍活虎，卻常常看見他躲在岩石後面，以合抱雙臂的姿勢，閉目養神。

這時候，沒有人會靠近他。

聽說留在人界的勾陣，恢復的速度比青龍和朱雀稍微快一點，但也還沒完全恢復

正常。

面色凝重的天空很擔心萬一發生大規模的戰爭，神氣會瞬間消耗殆盡。

擁有戰力的神將，健全的只剩六合、天后，其次是太陰、白虎。

因為主人安倍晴明清醒了，所以太陰的復元十分顯著。她的狀況是心靈上的創傷，遠比身體受到的傷害嚴重。所以，心病排除了，氣力就湧現了。對她來說，晴明的清醒是最好的復元良藥。

天一把睡著的朱雀的頭，悄悄移到自己的大腿上，仰望天空，平靜地吐出一口氣。

十二神將們誕生的異界，與人界交疊存在著。

沒有人界那樣的太陽、月亮、星星，也沒有樹木，處處可見岩石地，目光所及都是沒有盡頭的荒涼大地。

兩個世界雖然交疊，卻沒有交集。

神將們是靠神通力量，連接兩個世界，來來去去。過去，曾有人企圖強行撬開通往異界的道路，但這種事鮮少發生。

在這裡，生命體只有十二神將。

天一瞥一眼睡著的朱雀，想起了其他同袍。

神將不會做夢。他們本身就是人類想像力的具體呈現。他們的存在，就像把夢塑造成有形的東西。

睡著時，他們的魂是待在黑暗中。

神是光明。位居神之末座的他們，本身也可以說是光明。

但是，光明常伴隨著黑影。如同事物有表裡兩面、有善惡兩面，如同陰陽掌管著世界的均衡。

那麼，神將們當然也有黑暗面。

說起來，睡眠或許就是他們的黑暗部分。

沉溺在這樣的思考中的天一，聽見踩過地面的微弱聲響，一面小心不吵醒朱雀一面轉動脖子。

「太裳。」

同袍太裳笑盈盈地說：

「還是被妳察覺了？我已經盡量放輕腳步了。」

天一微微一笑，對太裳指指旁邊。

太裳的笑轉為苦笑，在離天一指的地方的更遠處坐下來。

「跟妳坐太近，朱雀會不高興。」

「嗳……朱雀睡著了也怕？」天一笑著說。

但是，太裳注意到朱雀的眼皮動了一下，證實自己說的話沒錯。

這個朱雀為了救天一，竟然跨越界線，毫不猶豫地把大刀指向了他應該保護的主人。

對他來說，天一的存在就像把他固定在這裡的楔子。

負責裁奪同袍的弒神神將自己也可能走偏，那是非常要不得的大事。

「天一……」

看到溫柔的同袍愁眉苦臉，天一眨了眨眼睛。

「怎麼了？」

「妳知道騰蛇倒了嗎？」

天一屏住氣息，輕輕地點著頭。

「聽說為了掃蕩京城的汙穢，昌浩大人把騰蛇的神氣都耗光了……」

那個騰蛇的神氣竟然會被耗到精光，太不尋常了。

「京城的汙穢暫時被淨化了，可是，京城外的樹木枯萎還是繼續蔓延。」

太裳和天一都是土將。

與察覺流過地底深處的龍脈陷入凌亂的勾陣一樣。

樹木枯萎，會導致氣枯竭，形成汙穢。京城周圍的樹木枯萎了，距離不遠的京城又會充斥令人窒息的汙穢。

昌浩和晴明應該會在那之前想出辦法解決。

「……」

天一凝視著睡著的朱雀，緊緊抿住了嘴巴。

這種時候，十二神將更應該成為主人的左右手活動。然而，大半數的神將卻都不能成為戰力。

「希望朱雀和騰蛇都能早日康復。」

天一祈禱在他們復元之前，千萬不要發生任何事。

但這個願望恐怕很難實現。

可能是從她陰鬱的臉色察覺到什麼，太裳想說些話安慰她，正要開口時，從地底深處發出了悶重的地鳴聲。

兩名神將張大了眼睛。

大地很快搖晃起來。

「地震……！」

天一馬上趴在動也不動的朱雀身上。

「異界怎麼可能會地震?!」

大驚失色的太裳，反射性地欠身而起，但是被震到沒辦法站起來。

搖得非常厲害，也搖得很久。

在地鳴聲和搖晃結束之前，兩人都不敢動。

微微響起什麼東西倒塌的聲音。

異界沒有人界那樣的建築物。會崩塌的地方，頂多只有岩石交疊的岩石地。

想到這裡，天一睜大了眼睛。青龍經常閉目養神的岩石地，不就是在那個方向嗎？

「青龍呢……」

太裳對臉色發白的天一說：

「放心，他剛才跟白虎去人界了。」

青龍清醒時，一天會去人界探望晴明一次。也沒做什麼，只是看看晴明的臉，就回來了。

聽到同袍這麼說，天一呼地鬆了一口氣。

「不過……」太裳小心地觀察四周說：「異界居然會地震……」

話說到這裡就中斷了。

向來溫柔的太裳，眼睛泛起了厲色，很難得見到他這樣的表情。

天一有種涼颼颼的奇妙感覺，不由得把手搭在朱雀的雙肩上。

她暗自期待朱雀會醒來，像平常一樣笑著對她說：「不用擔心，天貴。」

然而，朱雀緊閉的眼睛依然沒有張開。

世界都相互連接。

在一個世界強行做了什麼，那個行為就會造成歪斜，在某處引發事件。

然後，出現歪斜的地方，未必會是在同一個世界。

反過來說，原本不會發生也不該發生的事，視做法而定，也可能在其他世界發生。

在陰陽部輪班看守書庫後，昌浩回到五天不見的安倍家，拿換洗衣物。

他點亮燈台，隨意環視房內一圈，嘆了一口氣。

才五天沒回來，卻覺得好懷念。

同時，在被隔成自己房間的空間裡，直到剛才都還沒自覺的強烈疲憊感，襲向了昌浩。

「啊……這次真的累垮了……」

連發牢騷的聲音都中氣不足。

在陰陽寮有小睡過，也淨化過身體，但身心並沒得到充分的休息。

疲勞一天天逐漸累積下來。

今天，來跟他交班的陰陽生，說他的臉頰消瘦，五官都變深了。

但是，這麼說的陰陽生自己也一樣，所以彼此苦笑起來。

還能那樣笑，表示還沒問題。

昌浩要去輪班室稍微休息時，正好路過的父親吉昌，瞪大眼睛叫住了他。

然後，吉昌命令昌浩，今天必須回家休息。

昌浩自己雖沒確認過，但看到父親那種反應，心想自己的臉色一定很差。

在好久沒回來過的自己的房間換上狩衣，要把直衣扔出去時，他打住了。

「不行、不行。」

已經養成習慣，差點又那麼做了。

「要摺好才行……」

替自己整理衣服的那雙手，已經不在這裡了。

夏天的夜晚不長。戌時交班後沒多久，他就離開了皇宮。

再半個時辰就是亥時了。長期處於緊繃狀態，還是早點睡吧。

他摸摸臉，發現瘦了很多，自己都摸得出來。因為不只生理上的疲勞，還有心理上的疲憊。

在矮桌前盤腿而坐的昌浩，深深嘆了一口氣。

「已經……五天了……」

事情完全沒有進展。

處於時間停止法術中的藤原敏次，宛如人偶般躺在書庫裡。

每次交班時，昌浩一定會看看他有沒有異狀。沉睡在法術裡的敏次，看起來很安詳，要說是萬幸，的確是萬幸。

敏次的魂虫被帶去哪裡了？怎麼樣才能奪回來呢？

魂虫在菖蒲手裡。菖蒲帶著件。

敏次被件宣告了預言。

件的預言一定會靈驗。

究竟能不能顛覆一定會靈驗的預言呢？

「預言……」

昌浩的眼睛蒙上了陰影。

連擁有那麼強大力量的榎的後裔，也沒能戰勝件的預言。

「……」

昌浩抿著嘴唇，甩了一下頭。

不能絕望。在最後一刻的希望破滅之前，絕不能絕望。

忽然，昌浩眨了眨眼睛。

「魂虫……」

昌浩按著嘴唇，視線游移不定。

對了，魂虫從身體跑出去後，會變成怎麼樣呢？

是不是像黑虫那樣，沒發生意外的話，就會永遠存在？

人類的魂可以脫離肉體，就像祖父晴明經常使用的離魂術那樣。

祖父是刻意地、有目的地施法，但這個法術會削減壽命，所以今後必須請他節制。

面臨死亡的人，雖然狀況不一樣，但魂也可能暫時脫離再回來。

脫離其間，肉體會暫時呈死亡狀態。魂回到體內，又會活過來。這種狀況被稱為「陷入假死狀態」。

魂沒回去，就是死了。肉體的生命活動會停止，體溫下降，漸漸冷得像冰一樣。肌肉會僵硬一陣子，然後鬆弛，開始腐敗。

到那時候，就不能活過來了。

「啊，也有柊子和文重那樣的情況。」

他把手肘抵在矮桌上，用手背托住額頭。

因為一直待在陰陽寮，所以完全不知道他們現在怎麼樣了。

藤原文重的妻子柊子，扭曲生死的哲理，死而復生，所以肉體逐漸腐朽。

她的存在，本身就是哲理的扭曲。她是不該存在於這世上的人。

按理說，身為陰陽師的昌浩的使命，應該是讓她回復應有的模樣。

然而，有人為了她，求助於昌浩。

柊的後裔柊子雖然死而復生，身體卻逐漸腐朽。有個藤原一族的男人因為太愛她，

賭上了自己的性命。

昌浩不知道自己該不該救扭曲了哲理的兩人。

「還有……我也太對不起公主殿下了。」

該做的事、必須做的事，一件接一件浮現腦海，昌浩覺得更疲憊了。

「要好好思考……」

思考所有事該怎麼做、想怎麼做、必須怎麼做、怎麼做最好、剩多少希望。

思考該做的事、想做的事、做得到的事、做不到的事。

有充分的時間去思考。

但是，不管怎麼思考，昌浩現在都不能自由行動，因為他有身為陰陽師應盡的職責。

即便想出方法，也不能拋下職責出去。

不能再像以前那樣，佯稱身體不舒服請假了。

以前可以那麼做，是因為沒有背負太大的責任。

回想起來，那個時候真的很自由，昌浩越來越懷念剛行過元服之禮的時候。

他甩甩頭。想也沒用的事，再想也不能怎麼樣。在心靈疲憊時思考，也想不出好

辦法。

「總之，先睡覺吧……」

今晚可以放輕鬆睡覺。身、心、頭腦都得到休息，一定可以理出頭緒。

除此之外，只能在睡前向神祈禱了。

正漫無邊際地東想西想時，緊閉的板窗外傳來什麼降落的動靜。

「嗯……？」

幾乎沒有聲音。氣息也十分微弱，如果注意力正集中在什麼地方，很可能不會察覺。

那是異形的氣息，昌浩十分熟悉。

安倍家有安倍晴明佈設的結界包圍。不管是誰，沒得到允許的人，絕對進不來。

昌浩站起來，從木門走出外廊。

「喂，昌浩。」

愛宕的天狗颯峰收起了翅膀。

「颯峰，你怎麼來了？」

因為某個機緣，這位天狗開始跟昌浩往來，住在愛宕的異境之鄉，負責保護總領天狗颶嵐的獨生子疾風，他曾經有段時間與昌浩是敵對關係。

「我有件事想找你商量。」

「商量？」

昌浩疑惑地歪起頭，颯峰對他點點頭。面具遮住了天狗上半部的臉，露出面具外的雙眼，顏色與人類相反。

眼珠是在天空閃爍的銀色白，眼珠的外圍是漆黑色。

天狗很少拿下面具，所以昌浩看過颯峰的臉的次數寥寥可數。

「上來吧。」

「喔。」

屬於魔怪的天狗，可以通過結界進入安倍家，是因為以前昌浩就允許他進入，到現在都還有效。

走上外廊的颯峰，站在木門的地方，往房內東張西望。

「怎麼了？」

昌浩覺得奇怪，颯峰詫異地說：

「沒看到白色變形怪大人呢……它在哪裡？我既然來了，就該問候變形怪大人一

聲，不能失禮了。」

「啊……」昌浩拍拍後腦勺，支支吾吾地說：「小怪它……因為發生太多事，過度勞累，正在休息。」

從氛圍可以感覺到颯峰張大了面具下的雙眼。

「什麼！變形怪大人居然會累到需要休息……！」

以前，異境之鄉曾經因為異教法師，陷入存亡危機。當時，颯峰親眼見識過屬於變形怪的怪物——紅蓮，出類拔萃的通天力量與生命力。

颯峰是那起事件的當事人，比誰都清楚紅蓮完成了多麼不尋常的事。

「那麼，變形怪大人的狀況怎麼樣？復元情形怎麼樣？」

「現在還很難說。我因為有職務在身，一直守在皇宮的陰陽寮，不知道詳細狀況。」

「哦，是嗎？」

「是呀。啊，請坐在那邊的蒲團。」

「感謝。」

昌浩守在皇宮的陰陽部期間，小怪都待在晴明那裡，一直睡覺，修復身體。

昌浩當然想知道小怪的狀況，可是身旁連個護衛都沒有，想問也沒人可問。

晴明擔心他，還叮嚀他有什麼事就放個式回來。

到目前為止，都沒發生需要放式給祖父的事。

另外，車之輔也擔心一直守在陰陽部的昌浩，晚上都會來回巡視，並注意不要碰觸到圍繞皇宮的結界。

每到戌時交班時間，在小睡之前，告訴寮官和守衛要出去走走、散散心，暫時離開皇宮，在隱密的地方與車之輔會合，已經成了昌浩的日課。

旁邊沒有任何護衛，這並不是第一次。

在菅生鄉修行期間，小怪和勾陣也沒跟著昌浩。他們怕跟在他身旁，會讓他無法修行，所以都待在鄉裡的草庵。

這次跟那次一樣。

只是這次的狀況比當時更為嚴峻。

陰陽寮的寮官、檢非違使、衛士們的京城守護巡視，又重新編隊，持續進行。這是皇上的聖旨，在皇上下令結束之前，都會持續下去。

覆蓋整個京城的陰氣，在五天前的晚上，被昌浩全部送去了尸櫻界。

車之輔說每晚告別昌浩後，都會走遍京城每個角落，盡可能仔細檢查樹木有沒有

枯萎的徵兆、陰氣有沒有再飄出來。

『主人，請放心，在下走遍了京城每個地方，都沒有發現那種陰氣。』

能夠以式的身分行動，車之輔真的非常開心。它經常想，式就是要幫得上忙，才有存在的意義。

車之輔隨時都幫得上忙，昌浩一直很感謝它。

他不是沒告訴過車之輔，但就是因為說了，車之輔才更想幫他吧。

從外面傳來貓頭鷹的叫聲。那是住在安倍家的生人勿進森林裡的貓頭鷹。

「對不起，這麼晚來打攪。」

「沒關係，魔怪在大白天行動才奇怪。」

颯峰正經八百地點點頭。昌浩淡淡一笑說：

「今晚我正好回來，算你運氣好，颯峰。」

颯峰在昌浩請他坐下的蒲團上盤腿而坐，挺起胸膛說：

「當然，我們愛宕天狗有猿田彥大神的庇佑。只要遵從神的旨意行動，所有事都能毫無窒礙地如願以償。」

「原來如此。」

昌浩細瞇起眼睛。

颯峰還是這麼耿直，一點都沒變。

在這多事之秋，老朋友不變的性情讓昌浩覺得安心。

「但是……」颯峰的語氣忽然變得沉重，「看來，人界的變異似乎還是對我們異境造成了影響。」

「咦？」

昌浩打個冷顫，皺起了眉頭。

以前剛遇見時，看起來同年紀的愛宕天狗，現在看起來比昌浩小幾歲。

因為昌浩一天天成長，颯峰卻沒有顯著的成長。

以實際年齡來說，天狗活得比較長。但因為壽命長，成長也相對緩慢。

「你看這個。」

颯峰緩緩從懷裡拿出布包，放在地上解開。

裡面是枯葉。

昌浩眨眨眼睛，屏住了氣息。

颯峰說人界的變異影響了異境之鄉。

昌浩伸手觸摸枯葉。
「樹木……枯萎了？」
颯峰無言地點點頭。
昌浩的眼神泛起厲色。
異境之鄉也有樹木。尤其是愛宕鄉，綠意盎然，那些樹雖然不會開花，但洋溢著蒼鬱草木的生氣。
以前就聽說，異境沒有人界這樣的四季。所以，異境沒有人界在秋天時葉子變紅的現象。
因此，每到季節變遷時，天狗們就會小心避開人類的目光，來人界欣賞五彩繽紛的顏色。
不過，這也是近幾年來的事。
是昌浩製造契機，解除了天狗對人類的強烈仇恨。在這之前，沒必要的話，即使有興趣，他們也不會從異境之鄉來到人界。
總領天狗的獨生子疾風，非常、非常偶爾，會去探望藤原行成的兒子實經。他會跟保護他的颯峰一起變成烏鴉的樣子，停在高欄上，等著實經發現他們。實經總是很

開心地迎接偶爾飛來的兩隻烏鴉。

實經還不知道烏鴉們是天狗。或許會有揭開真面目的一天，天狗們和昌浩都衷心希望，到時候實經不會厭惡疾風。

昌浩拿起顏色枯黃、乾巴巴的葉子，直盯著看。颯峰嘆口氣，搖搖頭說：

「離鄉里稍遠的森林，樹木都枯萎了。」

「從什麼時候開始的？」

颯峰取下面具，神情明顯凝重，低聲沉吟。

「完全摸不著頭緒，會發現那裡的樹木枯萎了，是因為其他事件在鄉里引發了騷動。」

「其他事件？」

點著頭的颯峰，表情十分嚴峻。

他一直低頭看著手上的面具，那是以前跟他一起保護下任總領疾風的天狗的遺物。

「以前……我應該跟你說過。」

這麼起頭後，颯峰開始往下說。

愛宕的異境之鄉，是受猿田彥大神的庇佑。

異境之鄉有個被稱為「聖域」的地方，是禁區，沒有特別理由不能進入。

在那裡，靠猿田彥大神的神通力量，封鎖了某樣東西。

「那東西是我們連說都不想說出口的惡神。永遠封鎖那個東西，也是我們天狗的重大責任。」

天狗是魔怪。

身為國津神的猿田彥大神，讓魔怪負起了封鎖惡神的責任。

「以魔制魔啊……」

昌浩喃喃低語，颯峰點點頭說：

「是的，因為惡的壓制力比善更強大。」

昌浩的心臟異常地跳動起來。

以魔制魔。這種做法，昌浩還知道其他案例。

那就是櫻樹。

「幾天前，不知道為什麼，整個異境都出現了歪斜扭曲的變異。」

「變異？」

「紀錄裡不曾有過那樣的天災地變。」

總領天狗颶嵐立刻派人調查原因。

天狗們甚至飛到異境的盡頭，搜遍每個角落，不放過任何蛛絲馬跡。

在調查中，發現了樹木的枯萎。

「老實說，樹木枯萎並不是什麼重大問題。鄉里的人認為，那是受到人界變異的影響，靜觀其變就行了。」

對，那不是問題。

「發現聖域的封印出現了歪斜，才是大問題。」

昌浩的心臟撲通撲通跳得更厲害了。

發生了不該發生的事。在異境之鄉也發生了。

「天災地變？到底是什麼狀況？」

昌浩低聲詢問。

颯峰把面具放在地上，擺出更嚴肅的表情，合抱雙臂。

「空間歪斜、從地底深處傳來嘶吼般的悶響，地面就像顫抖般劇烈地搖晃起來，宛如次元界線扭曲變形般的波動蔓延整個鄉里。據總領大人判斷，很可能是這個波動造成了封印的歪斜。」

昌浩瞠目結舌，屏住了呼吸。

「咦……？」

「為了找出原因，伯父大人派我來調查，那個時候人界有沒有發生造成次元扭曲變形的事件？你是陰陽師，應該知道什麼……喂？」

颯峰不經意地瞥昌浩一眼，發現他的臉瞬間沒了血色，覺得很奇怪。

「你怎麼了？昌浩，怎麼臉色突然……」

昌浩在詫異的颯峰面前抱起了頭大叫：

「啊啊啊啊……！」

世界都相互連結。

這個道理他知道。

但是，他有沒有完整地、正確地計算過所有一切，掌握會在哪裡怎麼樣連結呢？答案是絕對沒有。

「昌浩，你怎麼了……我知道了！是不是發生了什麼事?!」

眉梢漸漸往上吊的颯峰，猛然立起一隻腳，把手放在腰間佩戴的劍的劍柄上，怒氣沖沖地說：

「發生了什麼事？是什麼人引發了那種不尋常的事？我以愛宕天狗的威信發誓，一定手刃這個鹵莽的傢伙，砍掉他的頭！」

昌浩抱著頭，不知道該怎麼回答怒火中燒的颯峰。

為什麼事情這樣接二連三地發生呢？

瞬間，胸口冷得可怕。

難道這也是被鋪設好的道路之一？

3

貓頭鷹咕咕叫著。

在生人勿近森林，守護安倍家四周結界的十二神將天空，把閉著的眼睛朝向了宅院。

久久回來一次的主人的孫子的房間，好像很熱鬧。

剛才來訪的魔怪，是已經很熟的愛宕天狗。

他們偶爾會來，聊聊異境之鄉的事，聽聽神將們說人界的事。

也不知道是哪邊先開始的，在不知不覺中，建立了相互提供訊息、有時彼此協助的體制。

天狗進入昌浩房間後，到現在都還沒出來。

天空原本以為，天狗男孩是知道安倍晴明回家了，特地來探訪，看來並不是這樣。

除了貓頭鷹的叫聲之外，只有風聲偶爾會敲響天空的耳朵。

陰氣的雲被驅散後的夜空，星光閃爍。

長期覆蓋上空的陰氣不見了，減輕了結界的負擔，呼吸也順暢了許多。

連身為神將的天空都有這種感覺，更別說是京城的住民了。

不過，真正知道發生了什麼事的人，應該一個也沒有吧。

即便如此，人類還是會從大腦以外的身體深處、心靈角落，清楚感受到這件事。

天空堅守在生人勿近森林。再瑣碎的事，同袍們也會逐一向他報告。

總而言之，他就是十二神將的支柱。

所以他幾乎不會隨便走動。

閉著眼睛的天空，想起了可以說是故鄉的異界。

聽說異界之地發生了劇烈的搖晃。自他誕生以來，從沒遇過這種現象。

安倍晴明的孫子昌浩，耗盡十二神將最強鬥將騰蛇的通天力量，鋪設了連接人界與尸櫻界的道路，把那個世界整個供奉為神，改變成完全不同的另一個世界。

不管是人、物品、一根草、一棵樹、普通的石頭、一根毛髮，只要被陰陽師供奉為神，就會成為神。

但是，並不是誰都做得到。

要把整個世界供奉為神，必須擁有相當的技術，人格也要配得上那個神。

要有堅強的心，且性情高潔、寬容、伶俐。

除非具備這些條件，並擁有高強的靈力，否則很難把那樣的存在供奉為神。是他在菅生鄉度過的歲月，以及至今以來經歷過的苦難、種種邂逅與從中得到的許多知識和經驗，幫他完成了那樣的豐功偉業。

天空微微一笑。

「喂，晴明……」

在遙遠的過去，遍體鱗傷地施行召喚術的年輕人的身影，閃過天空腦海。

在他劍拔弩張的犀利中，總是帶著幾分被逼到絕境似的兇狠。

昌浩跟那個年輕人不一樣。雖然外型有幾分相似，但僅止於這樣。

起碼以前是這樣。

然而，不知道為什麼，從播磨回來的昌浩，似乎有了與以前剛邂逅時的主人相似的堅毅。

被冤枉、被逼出京城、被追殺時，即便有騰蛇和勾陣同行，當時的心情也可想而知。

那之後，雖說是自己的選擇，但昌浩繼續留在播磨，在沒有任何親人的陪伴下，

熬過了嚴酷的修行。

存在於潛意識中的嬌氣被一掃而空，身心都有了令人刮目相看的成長。

現在的昌浩，有種難以言喻的覺悟。

那個不知死活的年輕人，為了收服所有神將，下了有勇無謀的賭注。當時，十二神將天空也在他身上看到了非常相似的覺悟。

「昌浩真的是你的孫子呢……」

十二神將天空想起過去，內心百感交集。

這時，昌浩正對著愛宕天狗，深深低下了頭。

「所以……很抱歉，聖域的歪斜是我的責任。」

颯峰目瞪口呆，注視著昌浩，啞然失言。

昌浩沒有做任何辯解。

自己五天前所做的事、那麼做之前發生的事、那之間察覺的事等等，所有相關的來龍去脈，昌浩都一五一十地告訴了颯峰。

颯峰盯著不隱瞞也不逃避的昌浩，半晌才開口說：

「——原來如此，好，我知道了。」

覺得他的語調太過平靜的昌浩，心裡有點發毛，緩緩抬起了頭。

「颯、颯……峰……？」

昌浩悄悄觀察颯峰的樣子，發現他意外地冷靜。至少，在昌浩看來，他的表情是冷靜到不能再冷靜了。

天狗垂下視線，看著放在地上的面具。

「喂，飄舞，」天狗淡淡地說：「所謂陰陽師，就是做無法想像的事的人。在那個時候，我們就應當知道了，不管發生什麼事，都沒什麼好驚訝的。」

不會說話的面具，當然是沉默不語。

「沒辦法，這種事我太清楚了。喂，飄舞，你也是吧？你還在的話，應該會教我怎麼壓抑心中澎湃的激動……」

昌浩倒抽了一口氣。

原來他只是看起來冷靜，其實一點都不冷靜。

不，這樣才正常，是昌浩希望他冷靜的心情，蒙蔽了昌浩的觀察力。

「颯峰，我真的……」

昌浩急著想說些什麼，被颯峰舉起一隻手制止了。

「不用再說了……我不但對你沒有任何意見，甚至還同情你。」

「咦？」

看起來一直很冷靜的颯峰，雙眸突然燃起了白色火焰。

「可惡的是，為了某種意圖鋪下道路的人！」

天狗用很沉、很沉又很平靜的聲音怒吼。

昌浩看著他，心想：

他向來是個大好人，不，不對，他是天狗，不是人。應該說他向來是個大好天狗，所以幾乎忘了他終究不屬於人類，是個不折不扣的魔怪。

慣用的手握在劍柄上的颯峰，眉毛、眼梢都高高吊起來，露出淒厲的笑容。

「可惡的傢伙，你死定了，竟敢跟我們魔怪為敵，真是不知死活！」

天狗冷冷地撂下狠話，說會讓那個傢伙嚐到生不如死的慘痛教訓。

昌浩內心也被他那種氣勢嚇到，怯怯地舉起一隻手說：

「先請教一下……」

「什麼事？」

被狠狠一瞪，昌浩在內心暗叫一聲「哇，魔怪」，開口說：

「那個封印的歪斜，是怎麼樣的狀況？」

颯峰的表情緊繃起來。

「老實告訴你吧，情況不是很好……靠總領大人的力量，也沒辦法完全修復。」

執行封印的是國津神。總領天狗的妖力再強大，性質還是跟猿田彥大神的神通力量截然不同。

要重新封印並增加強度，必須使用與神同性質的力量。

「陰陽師，快想個好辦法。沒時間了，快，現在馬上想。」

連珠炮般的語氣既平淡又冷靜，所以更可怕。

昌浩的眼神到處飄來飄去，努力挖掘大腦中的所有知識。

以前，紅蓮的確召喚過高龗神到異境之鄉，是不是可以跟那次一樣，借用天津神的力量呢？

這個主意很不錯，但昌浩想起這根本是不可能的事。

高龗神是天津神。猿田彥大神是國津神。同樣是神，性質還是不同。

再說，死纏爛打請求高龗神，祂或許會答應幫忙，但是，那個神要求昌浩查明並

解決樹木枯萎的原因，昌浩到現在都還在拖延。

昌浩有昌浩的苦衷，但橋歸橋、路歸路，那種藉口恐怕對神說不通。神就是這樣的存在。

有哪個國津神可能回應自己的召喚，前去愛宕鄉提供協助呢？昌浩想到或許可以請來因「地御柱事件」而有聯繫的國之常立神。

「──」

昌浩相信自己未來的可能性，但也很清楚自己目前的實力有多少。

若以第三者的眼光來評斷自己的實力，無庸置疑，絕對沒有足夠的力量請來國之常立神。

必須是能與猿田彥大神相匹敵，或者神格有過之而無不及的神，才能修復封印的歪斜。

既然連總領天狗的颶嵐都判定自己的力量不足，那麼，昌浩能夠請來的、能夠驅使的神，力量也一定不足。

這樣的話，就沒有辦法可想了。

昌浩進退維谷。

抑鬱的沉默在房內蔓延堆積。

「……」

就在昌浩低頭不語時，有個聲音如劃破黑暗的一道光芒，刺穿了他的耳朵。

「我知道了。」

昌浩和颯峰同時把視線朝向那個聲音。

不知何時，十二神將玄武在兩人身旁現身了。

「我的主人安倍晴明請你們兩人過去。」

已經過了半夜。

昌浩心想父母應該都已就寢，便帶著颯峰從庭院走向祖父的房間。

吉昌和露樹都知道久久才回來一次的小兒子不好好睡覺，還鬧得雞飛狗跳，但什麼也沒說，隨便他怎麼做。

昌浩真的很感激，但同時也覺得辜負了父母對自己的關愛，有種不知如何是好的歉疚感。

他下定決心，等所有事情解決後，一定要做些孝順父母的事。

「爺爺，您睡了嗎？」

為了慎重起見，昌浩先在外廊出聲招呼，回應他的卻是半傻眼的語氣。

「就是還沒睡才會叫你來啊，快進來吧。」

「是。」

昌浩尷尬地聳聳肩，玄武瞇起眼睛，瞥了他一眼。

「進去啊，颯峰，准你進去。」

天狗颯峰誠惶誠恐地回應准他進入主人房間的玄武：

「感激不盡，那麼，我就打攪了。」

颯峰與垂頭喪氣的昌浩成對比，挺直背脊，敏捷地爬上了外廊。

昌浩還沒伸出手，門就先被打開了。

「你那是什麼表情啊？昌浩。」

站在那裡的是太陰。

勾陣靠著柱子坐在牆邊，白色小怪趴在她的大腿上。

昌浩和颯峰進入房間，小怪也完全沒有反應。

勾陣察覺昌浩的視線，輕輕嘆口氣說：

「它只是在睡覺，不用擔心。」

昌浩默然點頭。

長耳朵、長尾巴，都軟趴趴地下垂。可以看到胸部規律地輕微上下起伏。

以前曾經被熟睡不醒的勾陣當成枕頭的小怪，現在的處境完全相反。

看來，神氣枯竭的神將，都會把同袍當成枕頭。

這種大錯特錯的認知正在昌浩內心萌芽，玄武卻渾然不知，用高亢的聲音嚴肅地說：「晴明啊，發生了超越想像的事，必須及早解決。」

起身坐在墊褥上的晴明，在單衣上披著外衣，靠著憑几沉吟。

昌浩看到祖父披在身上的衣服，稍稍偏起了頭思索。

祖父有這種顏色的衣服嗎？仔細看，連布的質料都很少見，感覺比自己和祖父平時穿的衣服高級許多。

昌浩從來沒看過，所以有可能是祖父住在吉野的參議山莊時，那邊的人替祖父準備的。

成親的參議岳父，擁有與身分地位相當的財力。

安倍晴明是人人稱頌的大陰陽師，也是最重視的女婿的祖父，所以參議可能在衣

食住行上都做了細心的照料。

想到這裡，又想起了另一件事。

這幾年，昌浩都沒住在安倍家。

這件衣服也可能是祖父去參議的山莊之前新做的。

自己出生的家，當然也有很多自己不知道的事。昌浩離開的時間，已經久到足夠發生那些事了。而祖父和父母也一樣，越來越不知道關於昌浩的事。

分隔兩地就是這麼一回事。

要彌補這種事，必須透過很多的交談。

遺憾的是，他們沒有這樣的時間。

老人嚴肅地對來訪的天狗說：

「颯峰大人，這次都怪我這個不肖的孫子……」

「請別這麼說，晴明大人，這種客套話毫無意義。」說得鏗鏘有力的颯峰，把臉轉向了昌浩，「你也是，昌浩，絮絮叨叨地埋怨、煩惱，不但愚蠢到極點，也只是浪費時間吧？有那種時間，還不如想想該怎麼保住封印。」

颯峰稍作停頓，摸著來這裡之前戴上的面具。

「其實……我的個性也跟你一樣，總是會不自覺地想怎麼會這樣，只顧著追究原因，這樣根本無濟於事。」

昌浩幡然醒悟，眨了眨眼睛。

「所以，我會試著思考，如果是飄舞會怎麼做。」天狗把雙手擺在膝上，正襟危坐地說：「陰陽師，我們異境之鄉正面臨危機，絕對不能讓那個連說都不想說出口的惡神被釋放。」

房裡的空氣應聲凝結。

「我們愛宕天狗請求你們，想出解決這件事的辦法。」颯峰兩手伏地叩首。

「今晚，我是以總領天狗颶嵐的代理人身分，來拜訪貴府。我說的所有話，都可視為總領說的話。」

這時候，把頭垂得更低的颯峰，語氣開始顯露焦躁。

「拜託……這樣下去，封印真的會……逐漸毀壞……」

逐漸毀壞。

颯峰的話在昌浩內心深處，造成了不明所以的震盪。

說是震盪，或許不如說是震撼。

封印會逐漸毀壞。逐漸毀壞。

原因不明。但是，昌浩覺得不只封印，好像其他東西也逐漸毀壞了。

這或許就是陷入沉睡深淵的小怪常說的「陰陽師的直覺」。

沉思了好一會的晴明，望向什麼都沒有的地方說：

「太裳、白虎，過來。」

不到一眨眼的工夫，兩道神氣就降落現身了。

是十二神將白虎與十二神將太裳。

晴明看看他們，再把視線轉移到玄武身上。

「玄武。」

玄武挺直了背脊。

「你們跟這位颯峰大人一起去異境之鄉，修復封印的裂痕。」

三名神將瞬間互看了一眼。

他們都去異境之鄉，晴明的手下就會減少。

在這種戰力大大折損的狀況下，怎麼可以再有三名神將離開主人。

但是，老人的眼神不准他們反駁。

雖說不是故意的，但這件事顯然是昌浩的疏忽造成的。既然昌浩沒有辦法解決，晴明就必須處理，否則狀況會更糟。

昌浩咬住嘴唇，握緊了雙拳。

能做的他都做了，最後卻還是要麻煩他最不想麻煩的祖父來替他擦屁股。

而且，颯峰和晴明都沒有責怪他一句話。

這是最令他難過的事。

「遵命。」

太裳兩袖交合拱手行禮，白虎在他旁邊默默點頭。

玄武單腳跪在晴明旁邊說；

「晴明，有白虎和太裳就夠了吧？為什麼還要派我去異境？」

漆黑的眼眸似乎在對晴明說「我想留下來」。

晴明笑著說：

「是為了預防萬一。各界的歪斜，都可能發生我們無法想像的事。」

若不幸發生這種事，三個人總比兩個人容易思考對策。

「你也看見了，我現在不能動。這裡還有天空和勾陣，所以，你不必擔心……雖

然紅蓮變成那個樣子……」

晴明瞥一眼勾陣大腿上的小怪，玄武也把視線轉向那裡。

在兩對視線的注視下，小怪還是動也不動。

「所以，拜託你了，玄武。異境之鄉平靜了，人界和異界也會平靜下來吧。」

所有世界彼此相連。

默默聽著祖父說話的昌浩，眨了眨眼睛。

異界也會平靜下來是什麼意思？

晴明發現昌浩滿臉疑惑，用眼神制止他發問。

「——知道了。」

玄武回答得心不甘情不願，但還是答應了主人。

看著這段過程的颯峰，鬆口氣，行個禮說：

「晴明大人、神將們，我由衷致謝。」

「不用道謝了，還是趕快出發吧。」被晴明這麼一說，颯峰把嘴巴抿成了一直線。

「承蒙費心，實不敢當。那麼，告辭了。」

天狗把視線轉向神將們，站起身來。神將們對晴明點點頭，跟在颯峰後面走出

房間。

張開背上翅膀的颯峰，回頭望向昌浩。

「昌浩。」

站在木門前送行的昌浩，覺得颯峰面具下的眼睛帶著笑。

「你變強了呢，竟然會使用足以撼動異境封印的法術了，好佩服。」在這麼緊急的狀態下，颯峰卻顯得很開心，「我也要精益求精，絕不能輸給你。」

天狗對晴明和昌浩微微行個禮，轉身離開。

昌浩慌忙接上一句。

「颯峰，再見！」

「喔！」

颯峰點點頭，一拍翅便飛上了天空。

「那麼，晴明，我們走了。」

白虎的風包圍了太裳和玄武。

晴明倚靠著憑几，舉起了一隻手。

「嗯，拜託你們了。」

「晴明，我們不在時，也要好好休養，努力復元喔。」

烏黑頭髮隨風飄揚的玄武這麼說。長長的下襬漲滿了風、袖子也迎風搖曳的太裳，站在玄武旁邊，用誠摯的眼神注視著晴明。

「玄武說得沒錯，在我們回來時，一定要讓我們看到您比現在更健康，請答應我們。」

晴明苦笑著說：

「不要強人所難嘛……如果你們三兩下就把事情解決，明天天亮就回來了，那怎麼辦？」

「那就到時候再說。」

「知道了、知道了，我會好自為之。」

「勾陣，妳要看緊晴明。」

勾陣沒說話，對合抱雙臂的白虎揮揮手。

被神氣包圍的神將們，從星光閃耀的天空飛走了。

走到外廊的昌浩，目光追逐著轉瞬間消失蹤影的他們，喃喃說著：

「對不起……拜託你們了……」

現在是夏季中旬的夜晚，從五天前就不時會吹起涼爽的風。

長期覆蓋天空的雲，不知道為什麼消失了，開始有了陽光和月光。

接近滿月的月光，一天比一天皎潔，許久不見的星光含蓄地閃爍著。

在皇宮深處被門與牆包圍的寢宮，夜晚分外寧靜。

寢宮裡有負責各種職務的侍女和侍從、負責內務的下臈、在軍營裡負責守備的衛士、值夜到天亮的公卿們，其中也不乏偷偷與侍女談情說愛的人。

坐在國家最高位的皇上、皇后、皇子們，都住在這裡，生活在這些人的包圍、保護中。

寢宮發生過多次火災，每次都會重建。宮殿、房間都建在同樣的地方，家具的擺設也都跟以前一模一樣。

小地方的裝飾，在每次重建時都會有些微的改變，但會配合住在這裡的皇上和皇后的喜好。

五座宮殿之一的飛香舍，又名為藤壺。被賜予這座宮殿的中宮彰子，在床帳裡張

開了眼睛。

有床帳圍繞，卻還是莫名地覺得有些寒意。

彰子爬起來，把外褂披在肩上，走出床帳。

有幾名值夜的侍女在帷屏後面待命。平時，彰子有出來的動靜，她們就會出聲招呼，今晚卻沒有。

悄悄掀開帷幔一看，侍女們都坐著閉上眼睛睡著了。

蠟燭剩沒多少，燭火非常微弱。侍女們被火光照亮的臉，看起來十分疲憊。

彰子小心不吵醒她們，走出了藤壺。

從環繞宮殿的外廊，仰望沒有雲朵的天空。

她有點訝異，夜空竟然如此高遠。

雲層低垂了很久，一直有種天空壓下來的奇妙壓迫感，現在終於沒有了。

她深吸一口氣，用力把氣吸入胸口深處，擴張胸口，彷彿要把萎縮的身體從內側撐開來。

現在還是半夜，離天亮還很久。

沒看到守備的衛士，應該正好是巡邏的空檔。

夜氣比想像中冰涼，彰子不由得打起了哆嗦。

「不對……」

彰子搖搖頭。

應該不是因為夜氣。

自從她的丈夫臥病在床後，寢宮裡人心惶惶，整個寢宮給人陰沉沉、冷冰冰的感覺，彷彿與人心相呼應。

陽光也一直被雲層遮蔽，所以，有些日子的夜晚會涼到有點寒意。

有人覺得搬出火盆來用有點誇張，就在侍女服裝下穿上冬天的單衣，抱著溫石睡覺。

「喀、喀……」

從某處傳來了咳嗽聲，可能是在哪座宮殿待命的侍女。

「皇上……」

彰子的眼睛帶著憂傷。

長期臥病在床的皇上是她在這世上最重要的人。最近，很難分清楚皇上是醒著還是睡著了，界線很模糊。

而且皇上食慾不振，有時心想這樣不行，勉強吃下去，也會吐出來。
負責食膳的內膳正，每天都竭盡心力準備容易入口、可以滋養身體的食物。
感受到這份心意的皇上，會硬撐著爬起來，動動筷子，但食量越來越小了。
皇上已經形容枯槁，面黃肌瘦。
說要以「Shouko」①來稱呼她時的皇上，表情沉穩而溫暖，現在已然成了回憶。
彰子在胸前合攏披在身上的外褂，無力地垂下頭。
她的身心都已成熟，做好了隨時為皇上生孩子的準備。
不是為了盡到身為中宮的義務，也不是為了父親的權勢，是彰子自己想生下皇上的孩子。
然而，皇上內心還有已故皇后定子的身影，他的愛情都給了再也回不來的女人了。
每次醒來時，滿臉憔悴的皇上都笑得很開心。
他說定子又來見他了。
不知道為什麼，彰子總覺得皇上這麼低喃時，生命就隨著削減。
她不想阻止皇上思念死去的人，也阻止不了。不管做什麼，都贏不了死去的人。
所以，她早已決定接受皇上的所有一切，包括皇上愛著定子的心。

希望有那麼一天，皇上會把給了定子之外的心，投注在她身上。

前幾天進宮來探望父皇的內親王的身影，閃過彰子腦海。

內親王脩子看起來很成熟，越來越像母親定子了。長大後，應該會更像。

她住了幾天，就回竹三条宮了。

服侍過她的侍女笑著說：「公主殿下不但長得像已故的皇后殿下，也很像藤壺中宮殿下呢。」

定子與彰子是堂姊妹，所以長得像是因為有血緣關係吧？

定子遺留下來的孩子敦康、媄子，目前都由藤壺的彰子撫養，所以彰子見到了許久未見的脩子。

看到弟弟、妹妹健康地成長，脩子似乎很安心。因為分隔兩地，所以應該很擔心他們。

儘管如此，她還是回去了竹三条宮。那裡有已故定子的回憶，是定子辭世的地方。孩子思念母親的心，也是無法阻止的。

彰子駐足而立，望著清涼殿的方向。那裡是做為皇上寢殿的夜殿，一整天都有侍女守候，照顧生病的皇上。

很少有彰子能為皇上做的事。待在身旁為皇上拭汗、更換汗溼的睡衣，也都是侍女們的工作。

彰子一天會去探望皇上幾次。運氣好的話，正好遇上昏睡與昏睡之間的短暫時間，當視線交會時，皇上會對她微笑。但皇上大多處於夢與現實之間，即使彰子呼喚他，他也很少回應。

而且，這種時候，彰子好幾次都聽見他如夢囈般不斷呼喚一個名字。

呼喚著那個名字的皇上，即便身體因病不舒服，看起來還是很幸福。

「……」

彰子的嘴角浮現苦澀的笑容。

看到臥病在床卻幸福洋溢的皇上，彰子其實十分心痛。

她知道，皇上對她這個藤壺中宮，一定沒有那樣的感情。

定子一直存在於皇上內心的最深處。

有個身影閃過彰子腦海。

以前，她曾對某個男孩有過淡淡的感情。

那個男孩也跟皇上一樣，內心最深處存在著另一個女孩。

自己喜歡的人，總是喜歡另一個人。

那種感覺好惆悵，有些痛苦。

彰子嘆口氣，甩甩頭。

「該睡了……」

心情會這麼低落，是因為心被夜氣凍壞了吧？

要不要叫醒睡著的侍女，請她準備溫石呢？

邊想著這些事邊轉過身去的彰子，把手伸向藤壺的木門時，從通往清涼殿的渡殿那邊的木門，傳來緊迫的叫喊聲。

「快來人啊、快來人啊！」

彰子慌忙進入木門，躲在帷屏後面。

侍女們被吵醒，會起來看發生什麼事。如果她們看到她，一定會替她擔心，也會自責居然打瞌睡而沒發現她跑出去了。

幸好沒人發現，彰子溜回床帳內，脫掉外褂，躺在墊褥上。

幾乎在同一時間，床帳外響起侍女的叫喚聲。

「中宮殿下、中宮殿下。」

彰子隔了一會才回應。

「怎麼了？」

「對不起，打擾您休息，剛才清涼殿的侍女來過……」

彰子瞪大眼睛，發出吐氣般的微弱聲音。

「咦……？」

侍女用顫抖的聲音說：

「請快做好準備，皇上的龍體……」

小怪的陰陽講座

①彰子的發音可以是「shouko」，也可以是「akiko」，大家都叫她「akiko」。章子剛入宮時，皇上把她當成彰子，湊巧決定叫她「shouko」，而章子的發音也剛好是「shouko」，所以章子覺得很欣慰，起碼可以保住自己的名字。

4

昌浩望著神將們消失的天空，晴明對著他的背說：

「可以把門關上了。」

「啊，對不起。」

門一直開著，不僅會灌入夜氣，燈台的光線也會引來蟲子。

原本打算直接回自己房間的昌浩，思索了一會後，走進晴明的房間，關上了木門。

「爺爺，您的身體怎麼樣了？」

昌浩在墊褥旁一坐下來，倚靠著憑几的晴明便低聲埋怨說：

「你們一個個都是這樣……我可不是病人！」

看到晴明板著臉，大為不滿的樣子，昌浩不禁笑了起來。

「你笑什麼？昌浩。」

「您不是病人，可是跟病人差不多吧？因為您爬不起來啊。」

「現在在你面前爬起來的人是誰？」

「那是因為有憑几才爬得起來吧？好了，快躺下吧，勾陣的眼神好可怕。」

「唔。」

被孫子那麼一說，晴明移動視線，就看到勾陣靠著牆不發一語，那個眼神更恐怖了，晴明不禁低叫一聲。

昌浩把用來替代蓋被的外褂，拉到不甘心地推開憑几躺下來的晴明的胸口後，漫不經心地環視屋內。

這是他很熟悉的房間。有很多的書籍和捲軸，施法用的道具、一疊疊的紙張，都整理得井然有序。什麼東西該放在哪裡，由晴明決定，但平時應該都是神將在做整理。

「對不起，爺爺。」

昌浩誠懇地致歉，躺著的晴明張大了眼睛。

「怎麼了？這麼老實。」

「是、是，我以前是小孩子，現在會承認自己的錯了。」

晴明抿嘴一笑，對滿臉苦澀垂著頭的昌浩說：

「嗯，你長大了呢。」

「怎麼聽爺爺這麼說，就覺得生氣呢……」

坐在牆邊的勾陣聳聳肩，看著半瞇起眼睛的昌浩，以及浮現戲謔笑容的晴明。

在她膝上昏睡的小怪，宛如沒有骨頭，全身軟趴趴，毫無防備，任人擺佈。在這種狀態下遭到攻擊，很快就會被殺了。

回想起來，勾陣之前也是這樣。

神氣被連根拔除，透支到生死邊緣，真的是很可怕的狀態。

安倍家有晴明與天空的結界保護。所以，說「可以放心」是有點奇怪，但的確是可以放心地、安全地昏迷，直到自然康復為止。

小怪攤成一團，動也不動。勾陣扯著它的耳朵，思索剛才的事。

晴明會派太裳、白虎、玄武去天狗們的異境之鄉，是因為事情嚴重到了那種地步。

勾陣原本以為，天狗若要求協助修復封印，晴明應該會派她去。

她的神氣幾乎完全復元了。雖然耐力衰退許多，但只是協助修復封印，應該不會花多少時間。

然而，晴明卻選擇了那三名神將。

白虎和玄武在屍櫻界被櫻樹吞噬過。雖然靠昌浩的法術回來了，但有段時間持續被櫻樹吸走神氣，所以消耗得很嚴重。

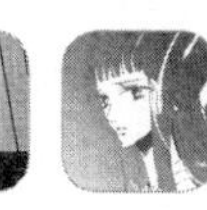

但比起被邪念和櫻樹奪走神氣的勾陣和青龍、朱雀，他們的狀態還算好。因為在櫻樹裡，他們的神氣雖然被剝奪，但還不到被連根拔除的地步。聽復元後的玄武說，那是因為被櫻樹吞噬的晴明，使盡僅有的力氣，一直在保護他們。

太裳沒有戰鬥能力，但防禦能力僅次於天空。他佈設的結界，比天一和玄武佈設的結界還要優異。

派防禦力勝過戰鬥力的神將去，應該是為了修復封印後，在異境之鄉佈設比以前更堅固的封印，做好層層封鎖，讓天狗口中的惡神絕對逃不出來。

那個聖域封鎖著絕不能放出來的東西。

雖然形式不同，但跟用來隱藏不能打開之門的「留一」，有相似之處。

小怪用光力氣的經過，昌浩大約告訴過勾陣，但真的只是概略而已。

五天前，天快亮時，昌浩說詳細情形以後再說，就把小怪扔給勾陣，匆匆忙忙趕回皇宮了。

勾陣扯著小怪的耳朵，心想這傢伙什麼時候才會醒來呢？這時候，忽然察覺昌浩的語氣變了，就把視線轉向那裡。

「爺爺，您不睡覺可以嗎？」

「喂，你用那種表情說這種話對嗎？」

「咦，什麼表情？」

昌浩不由得按住自己的雙頰。

「就是一副有話要說的表情啊。你有話要跟我說吧？那就趕快說完，趕快去睡覺。」

明天回陰陽寮，就要輪班看守書庫，又有一段日子不能回家了。

為了讓他可以毫無負擔，身心都得到休息，吉昌特地安排他回家一趟。結果跟晴明說完話後，一點都沒有消除疲勞。

「喂，昌浩。」

「是。」

晴明看著位置比以前高很多的小孫子的眼睛說：

「把送入京城陰氣的尸櫻界供奉為神，對你來說是最好的選擇吧？」

昌浩默然點頭。

是的，對自己來說是最好的選擇。

老人細瞇起眼睛。

「那麼……不管異境或異界發生什麼事，都是沒辦法的事。」

這句話出乎昌浩意料之外，他驚訝地眨了眨眼睛。

「這是沒辦法的事……？」

晴明若無其事地回答驚訝的昌浩：

「是啊，這是沒辦法的事。做什麼事，就會發生什麼事。不可能所有事都盡如人願。」

晴明的語氣裡，絲毫沒有安慰昌浩的溫柔。

那是老後也沒把曠世大陰陽師的名氣讓給任何人的晴明的真心話。

「為了保護京城、為了不讓尸櫻世界崩壞，你選擇了最好的方法。不過，一般陰陽師即使想這麼做也做不到，你是因為有紅蓮，所以確定自己做得到，也得到了你想要的結果。」

但也出現了意料之外的結果。

所以，昌浩保住京城、保住尸櫻界的安心感、成就感，都被徹底粉碎了。

「昌浩，這種時候……」

「是……」

晴明擺出陰陽師大前輩的臉，對垂頭喪氣的昌浩說：

「你要把發生任何事都視為理所當然。」

「哦……」

「唔，你好像很不以為然呢。」

昌浩半瞇起眼睛，對蹙起眉頭的晴明說：

「總覺得這樣很沒責任感。」

「沒責任感有錯嗎？根本做不到，還要硬背起所有責任，才叫沒責任感。」

說得一點都沒錯，但昌浩無法認同。

忽然，晴明的眼神變得柔和了。

「消除什麼事，就會在哪個地方發生同樣的事，這就是哲理。不可能把已經發生的事完全消除。那麼做，勢必會在某個地方產生歪斜。」

總之，就是原本會發生在人界與尸櫻世界的事，在異界與異境發生了，就只是這麼回事。

「會發生的事，早就成定局了，所以，只要先想好發生時該怎麼處理就行了，就只是這樣。」

晴明眨個眼，抿嘴一笑。

「還有，你要決定哪件事最重要。了解自己能守護多少事物、能守護到什麼程度，也很重要。」

「是……」

昌浩跪拜叩首，站起身來。

「晚安。」

「嗯，晚安。」

晴明瞇起眼睛，目送昌浩走出木門，經由庭園回到自己的房間。

其實，剛才晴明說的話，昌浩也早就明白了。

只是他跟異境之鄉關係匪淺，實在無法當成是「沒辦法的事」。對神將們居住的異界也是這樣。

晴明望著天花板的橫樑，嘆了一口氣。

昌浩已經知道榎的使命。以他的性格，一定會想代替已故的岦齋、代替跟他有了交集的柊子，守住那個門。

四年前，昌浩親眼見識到門打開會是什麼結果。

當時，幸好在造成無可挽回的遺憾之前，及時把事情解決了。

然而，昌浩付出的代價是失去了靈視能力。

晴明疲憊地閉上了眼睛。

幾天前，背負著種種重擔卻不曾逃避，掙扎到最後的那個男人，出現在夢裡。

他是瞞著他的上司冥官，偷偷來見晴明的。

他插科打諢地說，他也知道死掉的人不該動不動就溜出來，但他很久沒出來了，這次只是補回以前可以出來的次數而已。

——我並不想讓你的孫子背負起那種使命。

從頭上披下來的衣服下面，傳出了低吟聲。這應該是他的真心話。

但決定聽他說、決定背負使命的，是晴明自己、是昌浩自己。

晴明嗆說現在後悔也來不及了，衣服下面那張臉便皺成了一團。

他自稱是很厲害的陰陽師，卻一次也沒讓晴明見識過他的實力。

——我不是不讓你見識，是沒辦法讓你見識，因為被「留」困住了。

男人反駁表示不滿，晴明問他：

所以，你就被智鋪宮司趁隙而入，被慫恿了嗎？

從衣服縫隙瞬間看到的那張臉，晴明恐怕一輩子都忘不了。

從男人的雙眸，晴明看到悔恨、憤怒、悲哀，以及這些形容詞也不足以表現的沉重、冰冷的情感波濤。

看到這些情感，晴明也不知道該說什麼了。

男人落寞地對啞然無言的晴明說：

——不是被趁隙而入……應該是我自己想變成那樣……

說到這裡，男人就消失不見了。

晴明無法理解他真正的心情。即使聽他說了，也沒辦法理解那份沉重、痛苦，沒辦法體會他的感受。

他也知道是這樣，所以沒再多說。

但晴明還是希望他說。或許太遲了，但說不定現在可以多幾分理解。

起碼晴明知道一件事。

即便形式不同、立場不同、境遇不同、背負的使命不同。

唯獨這件事，一定是相同的。

喂，岦齋。

你一定很想從那裡逃脫吧？

唯獨這件事，我能理解。

因為我也一樣——

◇　◇　◇

呸鏘。

——以此骸骨為礎石，將會打開許久未開的門吧……

呸鏘。

呸鏘。

呸鏘……

「——妳回來了啊？」

不覺中擴展開來的黑色水面，掀起波紋，一個修長的女人從中間浮出來。

女人輕輕拍掉頭髮和布上的水滴，從水面走到岸邊。

件不知何時佇立在她剛才出現的地方。

牛身人面的妖怪，用不帶任何感情的眼睛，眨也不眨地看著女人，和女人前面的人。

女人脫掉披在身上的布，跪在那個人前面。

「祭司大人，請看這個。」

女人伸出來的左手上，停著一隻蝴蝶。

祭司瞥了一眼翅膀輕輕開合的蝴蝶。

伸手一指的祭司，指向了飄浮的透明大球，裡面有無數的白色蝴蝶聚集。

女人把蝴蝶關進了球裡。

被關進去的蝴蝶，虛弱地張開了翅膀。

上面的圖案是一張痛苦的臉。

如果昌浩在場，會馬上看出那隻白蝴蝶就是敏次的魂虫。

「真的門呢？」祭司低聲問。

女人搖搖頭說：

「對不起，我姊姊怎麼樣都不肯說……」

祭司看著女人。女人感覺藏在布下面的雙眼盯著自己，陶醉地笑了。

「柊的後裔嗎？」

「是的……她是我非常喜歡、非常溫柔的姊姊。可是……」女人眉頭深鎖地說：

「好奇怪……不管我有什麼要求，姊姊都應該會答應才對，為什麼無論如何都要隱瞞真正的門呢……」

菖蒲看起來真的很詫異，祭司平靜地對她說：

「只要我們承接柊的使命，妳姊姊就可以解脫了呢。」

「是的……啊，都是我的錯。」

「怎麼了？」

菖蒲慌張地站起來。

「我忘了跟姊姊說，祭司大人是為了救我們，所以她才會……」

祭司伸出手，撫摸菖蒲的臉。

「這樣啊，那麼，妳告訴她，她和她的丈夫都可以得救。」

然後，祭司把臉湊近菖蒲的耳朵，呢喃細語。

感覺到呼氣的菖蒲，神魂顛倒地閉上了眼睛。

「……去吧，去請求她，菖蒲。」

「是……」

用失焦的眼睛注視著祭司的菖蒲，開心地點點頭。

轉過身去的女人，用腳尖碰觸水面。

水面掀起波紋。

女人的身影被波紋吸進去不見了。

響起呸鏘水聲。

牛身人面的妖怪，凝視著用布纏繞身體的祭司。

黑色水面上開始映出種種的畫面。

有個肌膚猶如死人的年輕人，在佈設結界的書庫裡，墜入深沉睡眠。

有個女人，穿著用高貴人家才買得起的上等布料做的單衣，形容枯槁到令人心疼。

在她旁邊看著她的男人，眼睛泛著絕望的神色。

有無數的人，圍繞著入口左右分別擺著獅子與狛犬②的豪華大床。有個女人打開床帳，趴在墊褥上，哭得唏哩嘩啦。

臥病在床的男人，面如土色，那樣下去，不知道還能支撐幾天。

水面掀起幾道波紋，往外擴散。

忽然，剛才那些畫面都被消除了，又出現新的人影。

是個躺著的老人，旁邊坐著一個年輕人。

「安倍……」

祭司喃喃低語，緩緩抬起了頭。

件與祭司的眼神交會。

「安倍晴明的力量被削弱了，但是……安倍的陰陽師仍然是威脅。」

水面搖曳，所有映在水面上的畫面，都在波紋中暈開，消失不見了。

站在黑色水面中央的件，緩緩張開了嘴巴。

『——阻礙道路的煩惱根源，將會全部斷絕。』

響起吥鏘水聲。

被好幾道波紋攪亂的水面，很快平靜下來，宛如一面黑色鏡子。

「──」

從布的縫隙隱約可見的嘴巴，淡淡笑了起來。

◇　◇　◇

天未亮時，有人來敲竹三条宮的門。

起初，宮裡的人都不耐煩地皺起眉頭，覺得這個來訪者太沒常識了。但知道是皇宮派來的人後，臉都白了。

在竹三条宮工作的下人都知道，皇上的龍體欠安。

總管對下人們下了禁口令，所以不用擔心消息外洩。但竹三条宮的女主人內親王，經常進宮探望。

再加上長久以來的惡劣天候，以及京城樹木不明原因的枯萎。

附近居民開始議論紛紛，會不會是天子發生了什麼事。

使者請脩子盡快進宮。他說自己會在這裡等著，請脩子立刻做好準備，搭乘他備

好的車一起出發。

在主屋床上睡覺的脩子，被嘈雜聲吵醒了。

走出床帳，就聽見小妖們圍在一起，唧唧咕咕說著悄悄話。

「怎麼了？」

「啊，公主！」

踮著腳尖跑過來的猿鬼，指著門那邊說：

「剛才總管去了那邊，正在談話。」

「差不多要來叫公主了。」

「啊，來了。」

獨角鬼和龍鬼爭相說完，就聽見慌張的腳步聲向這裡靠近了。

脩子原本想回到床上，但想想還是算了。既然腳步聲是往這裡來，最好還是站在這裡等。

而且，在這種不合常理的時間派使者趕來，只有一個理由可想。

「……」

脩子把嘴巴緊閉成一直線。

沒多久，有個人拿著蠟燭走進廂房，在四周都放下了竹簾的主屋前跪下來。

「請恕我在這種時間叫醒您，公主殿下。」

「我醒著。」

聽見脩子的回應，總管驚訝地倒抽一口氣，又接著說：

「告公主殿下，剛才有皇宮派來的使者到達。侍女已經來了，請您做好進宮的準備。」

脩子做個深呼吸說：

「我知道了。」

總管退下，換風音和藤花進來。

脩子抱住了風音。

「……」

風音溫柔地拍拍抱著自己什麼話也沒說的脩子的背。

不只母親，還可能失去父親的恐懼，幾乎要把脩子壓垮了。

看到她無助的樣子，風音才猛然想起她還只是個九歲的純真小孩。

「公主……」

風音實在說不出「絕對不會有事」這種話。

她是道反大神的女兒，所以某種程度可以知道人類的壽命。就她所知，皇上的壽命還沒有到盡頭。

然而，想到京城的汙穢、蔓延全國的樹木枯萎、智鋪的意圖等許多事，就覺得這時候皇上的命運出現變化也不奇怪。

風音想起件對昌浩宣告的預言。

——以此骸骨為礎石，將會打開許久未開的門吧……

其實，風音並不認為件的預言一定會靈驗。

件宣告了預言。昌浩判斷那個預言是針對敏次。

但真是那樣嗎？風音感到懷疑。

這裡的骸骨是指誰呢？件總是選擇模糊不清的言辭，感覺可以套用在任何人身上。

風音甩甩頭，告訴自己現在還有更重要的事要辦。

「來，快準備吧，妳父皇在等妳。」

脩子輕輕點個頭，放開了風音。

用手上蠟燭的火點燃燈台的藤花，再轉過身來時，脩子已經戴上了身為內親王應有的嚴肅的假面具。

她穿上藤花選的衣服，坐上了來接她的車子。由風音陪同。脩子已經決定，絕對不讓藤花進宮。

風音也贊成這個決定，因為怕會有風險。

坐在前往皇宮的牛車裡，風音打開車窗，觀察京城的狀況。

被昌浩淨化後，已經沒有明顯的汙穢。

牛車在天將亮之前的短暫時間行進，這時候最寧靜，天空也最昏暗。

「……命婦和菖蒲都還沒好嗎？」

脩子忽然想起她們，風音點點頭說：

「好像累壞了，有點發燒，一起床就頭昏。」

上次脩子進宮時，是由命婦和菖蒲陪同。

住在皇宮那幾天，好像把她們兩人累壞了。

那之後一直躺在房間，也沒什麼食慾。同樣也會不時咳得很嚴重。每天晚上喝藥師調製的湯藥，也沒有好轉的跡象。

菖蒲也就算了，命婦是定子在世時隨侍在側的侍女，住過寢宮，竟然也會在幾天內就累成那樣，太令人驚訝了。不過，也可能是太擔心皇上的病，風音最後下了這樣的結論。

但是，跟脩子一起踏入寢宮一步，風音就知道自己的想法太天真了。

「怎麼會這樣……！」

位於皇宮深處的寢宮，環繞著一層又一層的結界。

陰陽頭等陰陽師們，時時刻刻守護著皇上的寢宮。

沒有人可以入侵結界，沒有得到允許，誰也進不來。

但是，這樣的寢宮還是有妖魔鬼怪存在。這些大多不是來自外面，而是在寢宮裡誕生的。

位於皇宮最深處，是國家中樞的寢宮，裡面有種種思緒交錯，纏繞著感情的漩渦。

妖魔鬼怪就是從那些思緒、情感衍生出來的。

因為被結界包圍，所以它們只能永遠留在寢宮裡。

雖是妖魔鬼怪，但因為在這裡出生，所以不會做出多麼大逆不道的事，起碼到目

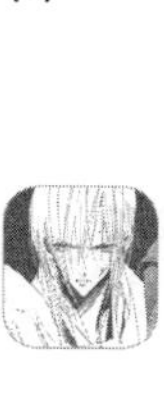

前為止沒發生過。
因此，風音以為今後也不會有多大的危險，結果出乎她意料之外。
脩子有侍女開路，風音跟在她的稍微斜後方，小心觀察周邊狀況。
垂下的簾子、並排的屏風後面，可以看到很多侍女躲在那裡。她們都用忐忑不安的眼神，看著突然進宮的脩子。
可以確定的是，她們都很擔心脩子和皇上。
忽然，後面響起尖叫聲。
「什麼事！」
走在前面的侍女停下來，大聲詢問。
從簾子後面傳來好幾個回答的聲音。
「對不起。」
「有人太害怕，昏倒了……」
「只是這樣而已，公主殿下請繼續往前走。」
嘈雜聲如漣漪般擴散開來。沒多久，從某處傳來了啜泣聲。
女人們再也忍不住了，顫抖著肩膀哭了起來，哭聲此起彼落。

已經支撐到最後極限的均衡，因為一個侍女昏倒而瓦解了。

皇上命在旦夕。

這個事實竟然會如此攪亂、撼動人心。

「公主殿下，請往這邊走。」

帶路的侍女繼續往前走。

默默點頭的脩子，瞄一眼風音，伸出微微顫抖的手，抓住唯一一個陪她來的侍女的衣服的袖子。

但是，風音也只能陪她到夜殿外面。更前面的地方，命婦和菖蒲也進不去。

她們兩人只能跟其他侍女們，一起待在隔著早餐間的外廊，豎起耳朵聽著裡面的交談聲、衣服摩擦聲。

跟命婦她們一樣坐在外廊的風音，注視著進入夜殿的脩子的背影，嘶地吸了一口氣。

可能是被結界包圍的關係吧。

寢宮尤其是環繞清涼殿的一隅，盤據著強烈的陰氣。現在是夏天，卻冷得像晚秋或初冬。

侍女們可能都已經習慣了。在超越涼爽程度的寒冷中，她們似乎也不覺得哪裡不對勁。

風音將兩邊袖子交疊，放在膝上，在袖子裡結印。

好重的陰氣。若不想辦法處理這種稱為汙穢也不為過的濃烈空氣，可以治癒的病也治不好。

她曾聽說過，怎麼樣也查不出造成皇上命危的疾病的真正原因。

當然查不出來。皇上的身體虛弱，並不是因為生病。只是汙穢與陰氣造成的身體虛弱，看起來像是得了什麼病而已。

吃藥、養生都沒有意義。真要說的話，離開這裡，去一個空氣真正清淨、充滿蓬勃朝氣的地方，過平靜的生活，恐怕才是康復的捷徑。

但是，以現狀來看，不可能這麼做，因為沒有人可以認清這個事實。

偶爾陪內親王來一次的侍女說的話，不可能有人會聽。

既然這樣，當務之急就是想辦法清除飄浮在這附近的汙穢與陰氣，保住皇上的性命。

侍女們個個臉色沉重、蒼白，還有人哭到眼睛都紅腫了。

她們的情緒那麼低落，一定也是不斷被陰氣侵蝕的結果。

「坐鎮高天原之神……」

風音用他人聽不見的聲音，開始平靜地、真誠地唸誦。

小怪的陰陽講座

②類似獅子的獸像。

5

東邊山際出現了黎明的跡象。

剛整理完竹三条宮主屋的藤花，整個人都清醒了，完全沒有睡意。

儘管如此，還是要盡量休息，要不然會影響白天的工作。

為了小睡片刻，準備回房間的藤花，從命婦的房間前面經過。

「誰在那裡？」

從房內傳出來的聲音叫住了她。

「我是藤花，命婦大人。」

「哦，是藤花啊。」

藤花猶豫了一下，取得許可進入房間。

「天亮前好像很吵，發生了什麼事？」

藤花邊攙扶試著爬起來的命婦，邊把旁邊的外褂拉過來。

「皇宮突然派了使者來……」

光說這樣，命婦似乎就知道怎麼回事了。

「咦……」

啞然失言的命婦，臉上頓時沒了血色。

藤花急忙讓搖晃傾斜的命婦躺下來。

「請稍等，我去拿湯藥……」

「藤花，等一下。」

命婦叫住欠身而起的藤花，顫抖著喘了一口氣。

「為了接待使者，大家都累壞了吧？湯藥在固定時間送來就行了。」

「是……」

忽然，命婦背向藤花，摀住了嘴巴。

「咯……咯……吁……」

開始悶咳的命婦，把身體彎成了く字形。

咳嗽持續了好一會。藤花想起她不久前說過，喉嚨深處有被什麼東西卡住的感覺，怎麼樣都沒辦法消除。

好不容停下來時，命婦顯得呼吸困難，皮膚也蒼白得毫無血色。

「可以了……謝謝。」命婦背對著藤花說。

在她咳個不停時，藤花一直替她搓揉背部。

忘了在哪聽說過，身體發冷，咳嗽就會加劇。所以，藤花的手很自然地動了起來，希望可以讓命婦舒服一點。

面向前方閉著眼睛的命婦，用疲憊的聲音問：

「菖蒲也還躺著吧？她怎麼樣了？」

「跟命婦大人一樣，一直咳嗽，看起來很難過的樣子。」

「是嗎……皇宮太冰涼了……」

自言自語般低喃的命婦，吃力地改變姿勢，讓身體仰躺。

「妳是……安倍晴明大人的遠親吧？」

突然冒出這個話題，藤花一時答不上來。

「是、是的……不過，說是安倍家的遠親，還不如說是……」

「是晴明大人的夫人的遠親吧？我知道。」

「是、是的。」

藤花壓抑狂跳的心臟，點點頭。

說是晴明已故夫人的親戚，不是謊言，是事實。

晴明的妻子是橘家千金，藤花身上的確流著橘家的血。

所以說是安倍晴明的遠親，其實是很含糊的說法。不完全是謊言，但也不能說是事實。

不過，老人曾經笑著說放心吧，沒人會注意那種小事。

「公主殿下看起來怎麼樣？」

注視著藤花的命婦，露出打從心底擔心公主的表情。

小時候，公主失去了最愛的母親，現在又可能失去唯一的父親。弟妹年紀還小。有什麼萬一時，未滿十二歲的公主，必須背負起所有的責任。

「藤壺的中宮殿下還沒有懷孕的跡象。」

聽到命婦這句話，藤花心頭一驚。

「倘若皇上現在有什麼萬一，那麼，定子留下來的唯一皇子，不久以後會被立為皇上。」

下任皇上將由現任東宮繼位。敦康是當今皇上的唯一皇子，應該會被冊封為下任東宮。

「但是……」命婦的表情痛苦地扭曲起來，「那個左大臣……會默認這件事嗎？我覺得……不可能。」

椎心泣血般低吟的命婦，掩面哭泣。

藤花啞然無言。

因為她知道，命婦的想法沒有錯。

父親雖是藤花和中宮的父親，卻想得到更大的權勢。

把大女兒嫁入宮中，就是為了這個目的。等親生女兒生下皇子，就把那個孩子推上皇位，再以外戚身分執政，這就是父親的願望。

但不只父親，所有把女兒嫁入宮中的貴族，都是同樣的想法。

只不過，目前最接近這個野心的人，正好是道長。

但萬一皇上現在駕崩，狀況就不一樣了。

定子的遺孤敦康，會被冊封為東宮。將來他即位時，定子的哥哥伊周就會以外戚身分掌握權力。這麼一來，道長與伊周的立場等所有一切，將與之前完全相反。

藤花這時才想到，最希望皇上康復的人，應該是父親吧？

但是，她不能把這種事告訴討厭父親的命婦。

命婦認定她跟左大臣有往來，對她已經夠冷漠了，她不能再說任何包庇左大臣的話。
「每天晚上，我都會作奇怪的夢。」
掩著臉的命婦，又改變了話題。
藤花鬆了一口氣。
「作夢？」
「對，作夢……」
在黑暗中，滴落的水聲一次又一次響起。
聽著聽著，便覺得胸口鬱結，開始咳嗽。
有團冰冷的東西卡在胸口深處，為了把那東西吐出來，咳嗽不止。
沒多久，那個東西湧上來，終於越過喉嚨，跟悶重的咳嗽一起被吐了出來。
沾滿鐵鏽味的那個東西，是在黑暗中綻放著淡淡光芒的白色蝴蝶。
蝴蝶從命婦的掌心茫然地飛起來，沉入黑暗中，不見了。
再度降臨的黑暗，響起好幾次水聲。
「我在哪聽說過，蝴蝶是重生的象徵。」這時候命婦才放下掩住臉的手，看著藤花說：「可以的話，我想請陰陽師幫我占卜，看看這個夢意味著什麼。」

「可是，」命婦皺起了眉頭，「安倍大人有點靠不住。請他幫我占卜，我也會懷疑結果對不對。」

藤花知道她說的是昌浩，苦笑起來。

昌浩的確不擅長占卜術，但那是他在播磨修行之前的事了。

「我聽說，昌浩……大人……在播磨受過嚴格的訓練。所以，我想占卜的技術應該進步了……」

「也就是說，接受訓練前，技術沒那麼好嘍？」

「是啊……聽說以前沒那麼擅長。」

勉強擠出這句話的藤花，在心底偷偷向昌浩道歉。

命婦嘆了一口氣。

「還是要拜託晴明大人才行。」命婦閉上眼睛，用有點虛弱的聲音喃喃說道：「聽說……晴明大人從靜養處吉野回到京城了。只要晴明大人健在，皇上也一定可以好起來……」

這一定是命婦由衷的希望吧。

藤花什麼也沒說，默默地點著頭。

◇　◇　◇

進入夜殿的脩子，看到躺在侍女拉開的床帳前的父親，表情僵住了。

看見躺著的父親的臉，脩子大吃一驚。

如果有所謂的「死相」，應該就是那樣吧？

脩子在袖子裡握緊拳頭，又慢慢鬆開。

「父皇……」

她極力假裝平靜地叫喚，父親閉著的眼睛緩緩張開了。

慢慢轉過頭來的皇上，視線飄忽了一會，焦點才聚集在脩子身上。

「是脩子啊……」

「是的，父皇。」

悄悄鬆口氣的脩子，走到父親枕邊坐下來。

皇上似乎對脩子的進宮感到很訝異，但也很開心，瞇起眼睛說：

「怎麼了？妳不是不久前才進宮，又回到了竹三条宮嗎？」

脩子盡可能擠出了笑容。

「我聽說父皇不太舒服，所以來探望。」
皇上笑著說這樣啊？從外褂底下把手伸向了脩子。
脩子用雙手抓住那隻手，發覺瘦得可怕。
「您不吃點東西，侍女們會很擔心。有沒有想吃什麼？我吩咐她們做……對了，澆上甘葛③的碎冰，應該很清爽、可口吧？」
她馬上吩咐待命的侍女，把冰從冰室拿出來，侍女很快退出了夜殿。
「對了，在伊勢的時候，常常喝乾鮑魚和蝦子的湯。那個湯也很營養，又好喝，還有……」
皇上瞇起眼睛聽脩子說話，不時地點著頭。
那張臉看起來像是不久於人世，脩子很快就說不下去了。
看到靜默下來的脩子表情痛苦，皇上驚訝地問：
「妳怎麼了？為什麼這麼悲傷……」
「因為……父皇……」
脩子說到一半停了下來。
她一直不敢去想，萬一父親的病治不好、萬一就這樣離開了人世。

每次有不祥的感覺閃過胸口，她就會搖搖頭，告訴自己沒那種事，拋開那種感覺。

然而，現在……

脩子清楚看見了纏繞著父親的死亡陰影。

皇上撫摸表情扭曲、肩膀顫抖的脩子的臉，微笑著說：

「不要哭了，妳認為父皇會做出讓妳悲傷的事嗎？」

脩子驚訝地張大眼睛，注視著父親。

撫摸著她的臉的手十分冰冷，且異常乾燥。

「父皇……」

皇上點點頭，接著說：

「父皇只是跟妳母后約好了……」

「咦……？」

聽到意料之外的話，脩子疑惑地皺起眉頭。

皇上費力地喘口氣，把手放下來，移到自己的胸口。

「每天晚上，妳母后都會來，對著我哭。」

這麼說的皇上，眼睛望著遙遠的某處，神情如痴如醉，蒼白的臉頰好像瞬間稍微

泛起了紅暈。

「她哭著說想回來……我也叫她回來……」

皇上的聲音透著難以形容的興奮。

脩子聽出來了，不知道為什麼覺得心裡有點發毛。

皇上顯得非常開心，瞇起眼睛，緩緩地舉起雙手，彷彿把手伸向了某人。

「……」

脩子覺得有微弱的嗚叫聲敲響了耳朵，看一下床帳裡面。

三面都覆蓋著床帳，入口處的床帳向左右掀開。侍女們不知何時都退到屏風和竹簾後面了，以免打攪父女的談話。

一個人也沒有。

她們都待在隨叫即到的距離，但這附近都沒有人，只有自己和父親。

為什麼抹不去這樣的感覺呢？

無比強烈的恐懼，突然包覆了脩子。

纏繞父親的死亡之氣，排成一列向脩子襲來。

響起了比剛才更大聲、類似嗚叫的聲音。

好像是快速拍打著小小、薄薄的東西。一聲接一聲，重重疊疊地鳴響著。

原本在遠處鳴響的聲音，慢慢縮短距離，向這裡靠近了。

「風……」

想叫喚風音的脩子，嚥下了叫聲。

風音不是能侍奉皇上的身分。

皇上陶然地瞇起了眼睛。遠處響起的聲音更接近了。

「定子……妳要早點回來……」

看到父親用嘶啞的聲音對著虛空呼喚，脩子鼓起勇氣說：

「父……皇……母后已經……駕崩了……」

已經在四年前駕崩了。

那是脩子住在伊勢的時候。在冬天的尾聲，母親犧牲生命生下了妹妹，從此香消玉殞。

脩子是很久以後才知道這件事。

她哀痛、悲傷、不能相信、不願相信。還責怪試圖激勵她的藤花，其實藤花一點錯都沒有。

「母后……已經不在了……」

淚水從喃喃低語的脩子的眼睛滑落。

眼睛眨也不眨地注視著皇上的脩子，表情十分平靜，皇上詫異地望向她。

直到現在，每每想起來，當時的椎心之痛還會鮮明地湧現。

「母后在四年前，冬天結束時駕崩了。已經離開人世的人，不會再回來了，父皇。不管您多麼想念她、多麼希望她回來，母后都……」

每說一個字，淚水就從脩子的眼睛撲簌撲簌掉下來，在膝上形成好幾個水漬。

皇上伸出手，心疼地撫摸女兒小小的頭，像是在安慰她。

「父皇……」

看到脩子的臉扭曲起來，皇上點著頭說：

「不要哭，定子很快就會回來了。」

是那種壓抑不住興奮的聲音，說出了這句話。

「唔……」

脩子倒抽一口氣，啞然失言。

父親的眼睛又望向了遙遠的某處。

「定子……快點……」

脩子淚溼的臉頰僵硬，胸口好似有冰冷的大石頭往下沉。

她注視著微笑的父親。

嗚叫般的聲音逐漸迫近。

啊，這是蟲的拍翅聲。

視線無法離開父親的脩子，恍惚地這麼想。

拍翅聲在她四周捲起漩渦。

不用看也知道，有很多飛蟲往這裡飛過來了。

奇怪的是沒有人驚慌尖叫。

皇上的寢殿有大群飛蟲出沒，侍女們一定會亂成一團，把蟲趕出去。

脩子眨眨眼睛，屏住了氣息。

侍女們沒察覺，是因為聽不見。

聽不見的聲音、看不見的東西，就不會察覺。

她知道不能回頭看，身體卻不由自主地慢慢動了起來。

幾乎可以說是噪音的拍翅聲，已經逼近背後。

「……」

就在她要回頭的瞬間，猶如透明器具裂成兩半的尖銳聲劃過。

明明沒有風，床帳和帷幔卻掀了起來，空氣突然變了樣。

「——公主殿下，怎麼了？」

剛才都不見蹤影的侍女，突然進入了視野裡。

帷屏旁邊有幾個侍女，把上半身藏在帷幔後面，探出頭來驚訝地察看狀況。

脩子悄悄環視夜殿，張開僵硬的嘴巴問：

「剛才是怎麼了……」

侍女們面面相覷。

「好像是吹過了一陣旋風。」

「太突然了，您一定嚇到了吧？」

「哎呀，公主殿下，您的臉色……」

從侍女們驚慌的樣子，就知道自己的臉色有多差。

脩子瞥一眼父親，看到他把雙手放在外褂上，閉上了眼睛。

「……」

蒼白的臉上陰氣更濃了，眼皮無力地闔上了。微張的嘴唇乾燥，胸口輕輕地上下起伏。

看樣子，不會再張開眼睛了，又墜入了夢與現實的狹縫間。

脩子假裝平靜。

「……父皇睡著了。」

欠身而起的脩子，一個踉蹌，膝蓋和手又著地了。

「公主殿下！」

侍女們都花容失色地跑過來。

在她們的攙扶下走出床帳的脩子，回頭看了一眼床帳被放下之前的小縫。她稍微瞧見有黑色東西在父親周圍飛來飛去。

「啊……」

床帳被放下來，遮蔽了視野。

「公主殿下，請到那邊休息，您的臉色很差呢。」

在侍女的攙扶下走出夜殿的脩子，看到待在外廊的風音喘著大氣。

風音望向了脩子。從剛才到現在，她們才分開沒多久，她的臉上卻浮現極度的疲憊。

◇　◇

皇上暫時有起色了。

因為脩子的臉色太差，藤壺中宮特地準備了房間讓她休息，但她禮貌地拒絕了，回到了竹三条宮。

進主屋前，脩子擔心命婦她們，先去房間探望了她們。

命婦很擔心皇上，但聽完脩子的話，似乎放心了，又躺下來睡了。

進入主屋的脩子，換好衣服就爬上床，抱著寬睡著了。

有藤花在床邊陪伴，所以風音先把脩子交給她，回自己房間了。

進宮的正式服裝是稱為「十二單」的禮服，重到很難行動。她脫下唐衣④、裳⑤，換上平時穿的褲裙，終於喘了一口氣。

上次進宮，命婦她們會一回來就病倒，並不只是因為陰氣，身上的禮服太重也是原因之一吧？風音這麼想。

「怎麼了、怎麼了？很少看到妳這樣子呢。」

跑來問寢宮狀況的猿鬼好奇地歪著頭問。

「妳看起來很疲憊呢。」

「皇上的狀況那麼糟嗎？」

獨角鬼和龍鬼也滿臉疑問。

「……是啊，很糟。」

其實，皇上曾大量吐血。

呼吸一時停止，是片刻不離左右的典藥頭⑥、御醫，竭盡全力設法避免了最糟狀況。

風音不是直接聽說了這件事，是脩子從夜殿的床帳出來，正在準備離開皇宮時，間接聽見待命的侍女們在竊竊私語。

她們說得活靈活現，風音不敢讓脩子知道。

脩子只知道，皇上的病情突然惡化，一時陷入危篤狀態，好不容易救了回來。知道這樣就行了。

不論脩子是個多聰明的內親王，畢竟也還是個不滿十歲的孩子。知道真相，極有可能對她造成很深的傷害。

據說考慮到脩子的心情，下令隱瞞的人是藤壺中宮。這是她對已經失去母親的小孩的一份關愛吧。

「……」

風音的眼睛泛起了厲色。

她曾試著祓除那裡沉滯的陰氣，結果只能驅散。

耳目太多，不方便大膽地施法是原因之一，但主要還是因為陰氣太重，沒做任何準備，沒辦法應付。

做為皇上寢殿的夜殿，暫時不會有事了。比較令人擔心的是，瀰漫整座寢宮的陰氣。

那裡的陰氣稱為汙穢也不為過。

待在寢宮裡的人，心都被陰氣侵蝕了。那樣的心會召來更多的陰氣、孕育出更重的陰氣。

那樣下去，病會好的人，待在寢宮裡也好不起來。

「必須暫時解除結界，把寢宮裡的陰氣清除乾淨，否則那樣下去，後果會不堪設想。」

手按著嘴巴沉思的風音，說話的聲音十分嚴肅。

「這種事請式神想辦法就行了吧？」

獨角鬼說的是十二神將六合。

風音聳聳肩說：

「不是那種問題，何況他現在也回晴明那裡了。」

詳細原因她還不清楚，六合是在過半夜時收到神氣之風，趕回了安倍家。

「咦，不會是晴明發生了什麼事吧？」

小妖們慌張起來，風音搖搖頭說：

「應該不是。」

如果是，六合不可能保持漠然的表情。

十二神將六合是個缺乏表情、沉默寡言的男人，但是，遇到與主人晴明相關的事，臉色說變就變。就某方面來說，也是個很容易理解的人。

「他的臉還是跟平常一樣毫無表情，所以我認為不是那樣。」

風音苦笑著說那個人就是沒什麼表情，小妖們敷衍地對她點點頭，心裡暗想：與晴明扯上關係時就不用說了，與妳扯上關係時，那傢伙也超可怕的。

小妖們默默交換視線，三隻都是同樣的想法。

端坐在床邊的藤花，望向打開的上板窗外面。

她小心不發出任何聲響，並注意有什麼事時要能馬上察覺。

「……」

從太陽的傾斜度，可以知道大約的時間。

脩子是在黎明時進宮，回到竹三条宮時，中午已經過了大半。

從陰霾的天空變成陽光普照，是在大約六天前。

藤花心中暗忖，天氣突然變好，有沒有可能不是自然發生的事？

會不會是陰陽師採取了什麼行動，把陽光找回來了？

可能是回到京城的晴明，也可能是忙到最近都不見人影的昌浩。

她想起六天前的傍晚，回到了很久不曾回去過的安倍家。

感覺晴明比記憶中老了一些。他長期躺在床上，才剛剛能坐起來，可能是身體還沒完全康復，所以看起來老一些吧。

然而，藤花心中明白，一定不是因為那樣。

從住進安倍家那天到現在，已經五年了。

——明年夏天……

「……」

藤花舉起右手小指，噗嗤笑了起來。

好令人懷念的約定。什麼明年啊，都已經五年了。

夏天快要過一半了，今年大概也不可能履行約定了。

不只今年，明年、後年、大後年，再幾個後年都不可能了。

履行約定的夏天，肯定永遠不會到來。

「……」

藤花把小指頭舉到眼睛的高度，眼皮垂下了一半。

多麼希望能夢見那個不會到來的夏天。至少，這個願望可以實現吧？

如果有咒語可以夢見想作的夢，她很想試試。

想到這裡，她還是緩緩搖了搖頭。

夢不是想作就能作的。

「……硯台盒在哪？」

突然從床帳裡傳來帶點嘶啞的聲音。

藤花反射性地站起來。

「是，馬上拿來。」

脩子掀開床帳，搖搖晃晃地走出來。

「快給我硯台盒、紙張……」

睡眼惺忪的脩子，對藤花下令後，便在矮桌前坐下來。

漆黑的烏鴉跟著她鑽出了床帳。

『內親王啊，妳怎麼突然要那些東西呢？』

藤花眨了眨眼睛。看來是脩子一醒來，就說要硯台盒。

脩子仰頭看著把硯台盒、紙張拿來的藤花，開口說：

「我要拜託晴明。」

藤花在矮桌旁跪下來，把硯台盒、紙張擺在脩子前面，歪著頭問：

「拜託晴明大人嗎？」

「是的。」脩子點個頭說：「我要拜託晴明救父皇。父皇的病不是一般的病，光靠典藥頭和藥師治不好，一定要靠晴明……！」

神情急迫的脩子提起了筆。

「再這樣下去，父皇會……」

藤花只能憂心地看著臉色逐漸發白的脩子。

站在床帳前的烏鴉，眨了眨眼睛。

『——』

脩子專心地振筆疾書，嵬無言地盯著她的背影。

小怪的陰陽講座

③將藤蔓植物切開，用滴出來的樹汁熬煮而成的溶液，類似現在的糖水。

④短上衣。

⑤纏在腰上，覆蓋下半身的衣服。

⑥掌管醫藥的典藥寮的長官。

6

在巳時前進入陰陽寮的昌浩，看守書庫的時間是從午時到戌時。

今天不是坐在入口處的木門前，而是坐在格子窗的下面，隨時注意有沒有異狀。

對昌浩來說，守在格子窗下面，比守在木門前輕鬆多了。

任務都一樣，但從格子窗可以看到書庫裡面。

可以隨時確認敏次有沒有變化，是值得慶幸的事。

木門也不是不能打開，可是一直打開看，還是有所顧忌，他不敢那麼做。

今天是吉昌來代班，讓看守者休息片刻。

吉昌笑著說，看守木門的陰陽師看到天文博士來代班大吃一驚。

昌浩的感覺也跟那個陰陽師一樣，但畢竟是親人，不用太客氣。

聽說母親很擔心他的身體，他請吉昌轉告母親他目前還好。

今天早上應該跟母親說說話，可是，他到快出門的時間才醒來，匆匆忙忙地衝出了家門，所以連面都沒見到。

自己實在太不孝了。

昌浩深切覺得，最近都只能請父母諒解自己的不孝。

「快戌時了吧？」

從剛才報時的鐘鼓聲響起到現在，已經過了很久。太陽沒入西山，夕陽餘暉的橙色也快被夜色浸染了。

昌浩集中精神，偵察陰陽寮以及其他寮省的現況。

隨著時間流逝，人的行動、說話的聲調也會改變。每天在這裡度過同樣的時間，漸漸就可以判別出大約的時間了。

側耳傾聽時，正好響起鐘鼓聲，是戌時了。

昌浩鬆了一口氣。今天也平安結束了任務，沒發生什麼事。

從格子窗往書庫裡面一看，敏次還是處於時間停留狀態，跟剛才看到的樣子分毫不差。

「咦……？」

通常，交班的人都在這個時間就到了，走廊上卻不見半個人影。

「奇怪，遲到了……」

沒聽說有人員變動，也沒聽說看守時間延長了。

正訝異怎麼回事，就看到一個身影從拐角跑過來。

「啊……」

望向那裡的昌浩，張著嘴呆住了。

踩著粗暴的步伐，橫衝直撞地往這裡跑來的是大哥成親。

令昌浩全身僵硬的是大哥那張臉。

臉頰因為身心俱疲而凹陷消瘦也就算了，連眼角、眉毛都因為毫不掩飾的憤怒而往上吊到前所未有的高度。

眼睛也佈滿了昌浩從來沒見過的血絲，炯炯發亮。

成親每靠近一步，昌浩就無意識地往後退，退到背頂到牆壁。

「大、大哥？你怎麼了？」

為了避免公私不分，在陰陽寮他們都謹守陰陽博士、陰陽生的分際，但現在完全拋到腦後了。

站在昌浩前面的成親，用毫不掩飾怒氣的尖銳聲音說：

「昌浩，現在馬上回家，我把你從看守名單排除了。」

「啊？」

昌浩不由得反問，但成親沒有回答，又繼續往下說。

「從明天起，你不用進宮工作了，在事情解決之前，當爺爺大人的左右手。」

頭腦一片混亂的昌浩，眨了好幾下眼睛。

「咦？事情？咦，爺爺大人？哪個爺爺大人？」

成親的眼睛閃過厲光。

「我稱為爺爺大人的人，除了你說的爺爺大人之外，還有其他人嗎？」

「沒有，對不起。」

昌浩無意義地道歉，拚命想著該說什麼。

第一次看到氣得抓狂的大哥。不過，了不起的是，在這種時候他還是沒忘記對祖父的禮節。

「總之，你馬上回家，這裡的事就不用管了。」

昌浩的眼神困惑地飄來飄去。

「啊，可是，還沒交班……」

「人員重新分配，由我來交班。」

「咦?!」

昌浩大吃一驚，成親兩眼發直，做出揮動一隻手的動作。

「別說了，你趕快走，詳細內容回去問爺爺大人或父親大人。」

話一說完，成親就把昌浩推開，在格子窗下面一屁股坐下來。

「那麼……我先告辭了。」

成親默默地點點頭。

昌浩看他毫不留情地散發出不要再多問的氛圍，只好與他交班，匆匆忙忙離開了陰陽寮。

「到底發生了什麼事？」

向熟識的衛士點個頭便穿過侍賢門的昌浩，從那裡拔腿疾馳。

看成親那個樣子，應該不是小事。

他說去問祖父或父親，所以他們兩人應該知道詳情。

「他叫我回去當爺爺的左右手？」

昌浩沒拿燈，奔馳在已經天黑的道路上。

平時他會使用暗視術，但今天特別明亮，所以沒必要。

因為天空有月亮高掛。

月亮將逐漸盈滿，再過幾天就是滿月了。

在那之前，他迫切希望可以解決目前的問題，即使一件也好。

從大宮大路走進土御門路，再向東走，就是安倍家。

昌浩大氣不喘一下地奔馳，看到站在門上的神將。

「太陰。」

個子嬌小的神將聽見叫聲，揮了揮手。

「回來了啊，昌浩，晴明在等你。」

昌浩跑到門前時，風就迫不及待地推開了門。昌浩直接衝了進去。

這時難免有點喘了，他邊喘邊脫鞋，跟出來迎接他的母親打聲招呼，就直接跑向了祖父的房間。

「爺爺，我回來了。」

「進來。」

裡面一回應，昌浩就推開了木門，看到晴明坐在矮桌前，橫眉豎目地瞪著一張紙。

昌浩不由得後退了一步。

「怎麼了？昌浩，進去啊。」

跟在後面的太陰，疑惑地眨了眨眼睛。

「哦，嗯。」

忐忑不安的昌浩，跪坐在面向矮桌的祖父旁邊。

面色凝重的祖父看著什麼，滿腹狐疑的昌浩偷偷看了桌上那張紙一眼。

是有點歪斜的流暢筆跡。

感覺很眼熟，像是內親王脩子的筆跡。

「是公主殿下寫來的信嗎？」

不禁脫口而出的昌浩，被晴明狠狠瞪了一眼。

「不要隨便看。」

「對不起。」

晴明面向坦然道歉的昌浩，合抱雙臂，低聲沉吟。

昌浩看到桌上不只脩子的信，還有其他信件。那封信被摺起來，只看得到收信人，但看得出來是男性寫的字。

「咦，那是……」

那個筆跡好像也看過，昌浩在記憶中搜索。是常有機會看到的字。每天都會在陰陽寮看到——

「是陰陽頭寫來的信。」晴明嘆著氣說。

昌浩恍然大悟，目瞪口呆，心想果然是。

看著信上內容的晴明，眼神很嚴肅。

脩子和陰陽頭這兩人寫的信，都不可以隨便看。

晴明把陰陽頭寫來的信，遞給驚訝的昌浩，應該是叫他看的意思。

昌浩很自然地接過來，把信攤開，靠近燈光，很快地看過一遍。

「……」

看到最後時，昌浩的表情也跟晴明沒多大差別。

晴明又無言地指向脩子的信。意思是叫昌浩把這封也看完，但昌浩想也知道裡面寫了什麼，無言地舉起手，表示不用看了。

昌浩把陰陽頭的信放回桌上，兩手擺在膝上。

然後，兩人不約而同地發出了深深的嘆息。

合抱雙臂的成親，盤腿坐在書庫的格子窗下，有人在他旁邊停下來。

他仰起兇巴巴的臉一看，是雙頰緊繃的昌親。

「大哥，你的臉很可怕呢。」

「少囉唆，不要連我的臉都管。」

昌親嘆口氣，在成親前面坐下來。

這裡是書庫的後面，很少有人會經過。

「我都聽說了。」

「是嗎？」

簡短回應的成親，心浮氣躁地猛抓著耳朵後面。也不管這樣會弄亂梳整齊的頭髮，抓了好一會後，瞇起了眼睛。

快酉時的時候，陰陽頭說有極機密的事要說，把陰陽博士成親叫去。

去陰陽頭室的成親，看到的是完全壓抑感情、神情平靜的陰陽頭。

陰陽頭清場後，對他說了以下的話。

皇上病得非常嚴重，這樣下去會有生命危險。

今天早上突然惡化，派了使者快馬前往竹三条宮，內親王很快就進宮了。皇上終

於有些好轉，內親王也回到了竹三条宮，但皇上的狀況還是很不樂觀。

授命為皇上做祓除病魔的祈禱的陰陽頭，進宮勘查現況，發現皇上的臉呈現濃厚的死相。

陰陽頭還發現了一件事。

那就是皇上的魂欠缺了一部分。

「咦……」

昌親大驚失色，慌忙四下張望。成親嘆著氣說：

「放心吧，這時候不會有人來。」

「可是，就怕有萬一。」

幸好如成親所說，沒有看到半個人。但還是不該在這種地方，大剌剌地談論與皇上生死相關的大事。

大哥一定明白這個道理。那麼，一定是發生了什麼事，迫使他即使明白也忍不住要說。

「據陰陽頭說，皇上的狀態跟敏次一樣。」

「……」

兄弟兩人神情緊張地相對而視。

聽昌浩說，藤原敏次是被一個神秘的女人奪走了名為魂虫的東西。

魂虫是魂的一部分，據說放進死人體內，就能讓死人復活。

但是，生死這種事，受限於世界的哲理。讓死人復活，是顛覆哲理、攪亂哲理的事。

靠魂虫復活的人，有意志、有心靈，身體卻依然冰冷，而且會漸漸腐朽。

成親看昌浩說得像親眼見過似的，非常驚訝。至今以來，成親學過不少知識，卻還是第一次聽說魂虫這種東西。

昌浩會知道得那麼詳細，原來是因為他遇上了處於那種狀態的人。

成親心想，這個小弟果然跟不尋常的怪事有很深的緣分。

「據昌浩說，敏次的魂虫不知道被帶去哪裡了，下落不明。」

關於魂虫的事，昌浩只告訴了成親。因為告訴其他人，其他人不見得會相信，也不可能因此找到解決的辦法。

魂虫不回來，敏次就會死。

成親和昌親都知道，昌浩不希望陰陽寮的寮官們放棄敏次。

昌浩相信敏次一定能獲救。因此，他下定決心無論如何都要找到那個叫菖蒲的女人，奪回魂虫。

「皇上跟那位敏次大人……一樣……」

昌親像是在確認般，一個字一個字地喃喃低語。

既然跟魂虫被奪走的敏次一樣，那麼，表示皇上也被奪走了部分的魂，正漸漸地、著實地失去生命。

昌浩曾經說過這樣的話。

——與魂虫扯上關係的人，可能都會逐漸毀壞。

昌浩說會逐漸毀壞。

這句話有很多種意思

——命運逐漸毀壞。

——在無法壓抑的激情下，應要求離去。

——然後，被奪走部分之魂，應請求而逝⑦——

昌浩雖然沒有任何根據，但這麼覺得。所以，成親也認為是那樣，昌親聽哥哥說完後，也同意哥哥的想法。

那是陰陽師的直覺。
成親忽然沉默下來。
昌親發覺哥哥的神情更嚴峻了，猜到哥哥還隱瞞了什麼。
過了一會，成親的沉吟才劃破了短暫的沉默。
「爺爺收到極機密的命令，要他救皇上……」
昌親眨了眨眼睛。
「可是，爺爺才剛回到京城，還沒完全康復……」
「是啊，所以，上面透過陰陽頭，要我把昌浩從敏次的書庫看守名單排除，讓他去幫爺爺。」
成親向陰陽頭抗議，說這時候把昌浩調走，陰陽寮會人力不足，忙不過來，如果非那麼做不可，就先停止京城的守護巡邏，重新編排人員。
陰陽頭的內心完全支持成親的主張，但不能說出來。
昌親表現出平時少見的憤怒。
「因為是來自政治中樞的命令嗎？」
站在天下萬民的頂端治理國家的是皇上，但實際左右政治的是一部分的大貴族。

尤其是藤原的權勢，無人能比。

「即便是左大臣，也該顧慮爺爺的年紀和身體狀況……」

昌親忍不住說出來，成親打斷他說：

「不是。」

昌親訝異地皺起眉頭，心想不是什麼呢？

因身心俱疲而臉頰憔悴的安倍家大哥，露出百感交集的犀利眼神。

「命令爺爺救皇上的是竹三条宮。」

「……」

大感意外的昌親啞然失言。

竹三条宮。也就是皇上的嫡系內親王脩子。

負責政務的貴族們的上面，在這個國家只有少數幾個人。

其中有皇上，還有流著皇上的血的親王、內親王，有時也包括皇上的母親皇太后和皇后。

通常，皇太后和皇后會袒護外戚，所以貴族們都想把女兒嫁入宮中。

皇上的孩子、孫子等皇族，是皇族中與皇上血緣最近的人。

內親王就是其中之一。

而且，現今皇上只有三個孩子。親王敦康、內親王媄子都還小，由左大臣的女兒藤壺中宮撫養。他們兩人不可能說什麼話。

現在，皇上病倒，在生死邊緣徘徊，在這個國家身分最高的人，說是內親王脩子絕對不為過。

連左大臣都很難不把她放在眼裡。

將來，藤壺中宮生下皇子，狀況可能就不一樣了。但是，目前沒有人可以漠視她的想法。

「貴族們遵從竹三条宮的意願，透過陰陽頭對我下令。」

非救皇上不可。

「所以……」

成親的表情更嚴肅了，越來越可怕。

「哥哥，還有什麼……」

「有個辦法。」

成親把手肘抵在盤坐的膝上，托著腮幫子，瞇起的眼睛透著更強的震撼力。

「辦法？」

「救皇上的辦法。」

冰冷的語氣像會刺人。

「不知道是誰提起的，說可以用以前爺爺用過的辦法。」

安倍晴明以前救過命中注定會死的人。

「你也聽說過吧？就是泰山府君⑧那件事。」

在成親的注視下，昌親大吃一驚。

那是遠在他們出生前的事。

有人來懇求安倍晴明，救救某寺院臥病在床的高僧。

那位高僧德高望重，備受弟子們尊崇。來懇求晴明的就是那些弟子。

但是，改變人的生死會觸犯天地哲理。

即便是晴明也很難顛覆命中注定的死亡。

只有一個辦法做得到。

安倍晴明召集高僧所有的弟子，對他們說：

有人成為替身，便能救高僧。

也就是說，要有人與高僧交換壽命，成為替身，為高僧而死。

那些仰慕師父的弟子們，果然還是很珍惜自己的生命。但是，其中有一個人報名了。

晴明獻上那名弟子當替身，救了生病的高僧。

「……是這樣吧？」

「大概就是這樣。」

昌親疑惑地歪著頭說：

「這件事跟皇上的病有什麼……」

說到這裡，就打住了。

安倍晴明接到命令要救皇上。

除了成親等人之外，應該也有其他人知道以前那件事。

「替身……？」

成親的眼皮微微顫動。

「可是，要找誰……」

大驚失色的昌親，看到成親移動了視線。

表情嚴峻的哥哥，扭頭往後看了格子窗一眼。

昌親的心臟異常地跳動起來。

他終於知道哥哥為什麼擺出那種表情了。

成親咬牙切齒地吐出了一句話。

「用不知道救不救得活的陰陽生當替身，把皇上從疾病深淵救回來。」

他的眼睛綻放著近乎殺氣的光芒。

「這就是寢宮中樞下達的命令。」

◇ ◇ ◇

在紫宸殿一室召開的朝議，只召集了公卿中與政治特別相關的人。

皇上的病情急遽惡化，很可能拖不過明天。

這個可怕的事實，讓所有人都啞然失言。

當今皇上萬一有個三長兩短，就會由東宮繼位。嚴格來說，皇上的帝位不會空下來，所以不會產生混亂。

但是，現在有人不想看到東宮即位。

那就是左大臣藤原道長。

他的大女兒十二歲時嫁入宮中，現在被稱為藤壺中宮。

她還沒有生下皇子，四年前駕崩的皇后的遺孤，現在正由她撫養。但這兩個孩子終究是皇后定子的遺孤，不是藤壺中宮的孩子。

倘若新帝即位，由血統來看，敦康親王將成為下任東宮。

現在的東宮居貞親王有幾個皇子。在他即位後，這幾個孩子會被封為親王，甚至大有可能被立為下下任東宮。

道長無論如何都想防止這樣的事發生。

居貞親王的皇子未必會被立為東宮。

當今皇上並不是前皇帝的兒子，而是堂弟。在前皇帝花山帝統治期間，是立前前皇帝的兒子懷仁親王為皇太子。這個懷仁親王，就是當今皇上。

懷仁親王即位後，是立堂兄居貞親王為東宮。

若要仿效當今皇上的例子，現任東宮居貞親王即位後，就會立現今唯一的親王敦康為東宮。

敦康是定子的遺孤。他若被立為東宮，將來即位，一度失勢的藤原伊周就會成為外戚，作威作福。這麼一來，形勢便會逆轉，左大臣可能會被趕出政治中樞。

所以，他必須讓當今皇上活下來。在中宮懷孕、生下親王之前，無論如何都要讓當今皇上繼續活著。

典藥頭、御醫都盡了全力，陰陽頭也做了病癒的祈禱。

儘管如此，病情還是沒有好轉。

在籠罩著沉鬱空氣的朝議席上，大家不約而同地說了同樣的話。

召晴明進宮吧。

聽說在吉野靜養的安倍晴明，不久前回到京城了。既然回來了，身體應該是硬朗的。

其他人或許做不到，但晴明一定可以救皇上的命。

對，晴明一定可以。

在莫名的亢奮中，突然有人說了這麼一句話。

對了，聽說晴明以前曾經救活了某家寺廟患不治之症的高僧。

當時，晴明為難地說，高僧之死是命中注定，不可能顛覆。但是，禁不起仰慕高

僧的弟子們的乞求，提出了一個計策。

一名參議起身詢問是什麼計策？

話題的中心人物，是在參與朝議的公卿中算是非常年輕的中納言。

這麼年輕的中納言，怎麼會知道這件事呢？在席的藤原行成心生疑惑，但還是默默聽著。

集眾人目光於一身的中納言，因疲勞而變得陰暗的臉紅潤了起來，他比手畫腳地說著。

他說晴明找來替身，轉移高僧的病，高僧就這樣得救了。

沒有人問替身怎麼樣了。

重要的是找到替身救活了不治之症的人的事實。

「……找誰？」

極小的低喃聲，使現場的空氣重重凝結了。

高僧的案例，是有一名仰慕他的弟子自願當替身。

那麼，誰會為了皇上，接下替身這個任務呢？

參與朝議的人，沒有一個人想自己扛起這個任務。當然啦，他們要治理國家、掌

管國家，絕對不能少了其中任何一個人。

必須有人為皇上獻出生命。這個人當然要從他們之外的人選出來，他們有義務要找出這個擔任重要任務的人。

對了，幾天前，陰陽寮發生了一件怪事。

沒有人記得是誰說出了這句話。

重要的是那件怪事，而不是提起這件事的人。

有個年輕的寮官吐血昏倒，正徘徊在生死線上。

陰陽頭勉勉強強保住了他的性命，陰陽寮的人也都竭盡全力，在想辦法救這名寮官。

靠法術維繫他的生命已經五天了。

這麼聽說的某人，冒出了一句話。

那麼，已經沒有多大希望了吧？

對，沒多大希望了。

對，沒有希望了。

那麼，賦予他誰也不能替代的任務，給他榮譽，也是算得上是他的幸運吧？

陰陽寮的寮官是侍奉皇上的貴族。如果能為皇上犧牲生命，是比什麼都榮耀的事吧？

「──」

公卿們你一言我一語地說完後，安靜下來，看著左大臣。

所有目光都投注在左大臣身上。

受大家注目的左大臣，重重嘆口氣，垂下了視線。

「把陰陽頭請來。」

一名公卿命令在其他廳堂待命的部下，派使者去陰陽寮。

朝議就到此結束了。

從紫宸殿出來的行成，一陣暈眩，停下了腳步，調整氣息。

他是今天黎明時，才被告知皇上目前的身體狀況。

緊接著，左大臣就派來了使者，命令他參加今天早上的朝議。

他就出席了長期以身體不適為由而缺席的朝議。

「快回家休息吧……」

可能是進宮造成了身體的負擔，令人厭惡的汗水從全身流了出來。

那個年輕的中納言，叫住了小心走路的行成。

「參議行成大人。」

中納言加快腳步，追上停下腳步回頭看的行成。

「您很久沒出門了，身體怎麼樣？」

行成苦笑著說：

「真的很丟臉，才待這麼短的時間，我就很累了。」

「那可不行，您要回家嗎？我送您到車子那邊。」

「不，不用了，謝謝公子的好意。」

中納言似乎真的很擔心行成，還是不肯離開，配合行成的腳步往前走。

可能是看到行成走得非常緩慢，所以很擔心吧。

行成自己看不到，但心想可能是自己的臉色也很差吧。

忽然覺得胸口一陣嗆辣，行成用手心按住嘴巴，背過臉去。

「唔……」

悶咳從嘴巴溢出來。

行成抓著高欄咳了好一陣子，中納言擔心地看著他。

等到咳嗽終於平靜下來，行成才呼地喘了一口氣。

「我還是送您到車子那裡吧，您最好扶著我的肩膀……」

「不用，我自己可以走。」

行成舉起一隻手，鄭重拒絕，挺直了背脊。

現在皇上病重，如果連自己都倒下來，左大臣一定很煩惱。

大千金入宮時，行成也盡了力。在這宮中，所有人都知道她入宮的目的。

在中宮生下孩子之前，皇上必須活著。

但是，行成希望皇上獲救，不只是因為那樣，還有政治謀略之外的理由。

他是以前跟行成關係密切的皇后定子所愛的年輕人。從他年輕的時候、小的時候，行成就認識他了。

雖然他所愛的女人先他而去了，但他還有女人留下來的孩子。

他不可以拋下心愛的孩子離開人世。

前年同時失去妻子與兒子的行成，這樣的想法比任何人都強烈。

不能讓失去母親的孩子們再面對失去父親的悲劇。

可能是從行成灰暗的表情看出了什麼，中納言開朗地說：

「安倍晴明一定可以救皇上，就跟以前一樣，一定可以。」

行成眨眨眼睛，問中納言：

「公子這麼年輕，怎麼會知道那件事呢？」

連行成都不清楚詳情。在場的公卿之中，也有幾個人連他在說什麼都不知道，狐疑地面面相覷。

左大臣也滿臉驚訝，一副不太明瞭的樣子。

不過，大家都認為，安倍晴明的確有可能做得到那種事。

「我也是最近才知道的。」

「是嗎？」

「是的，聽宮裡的侍女……啊，不是啦。」

中納言滿臉尷尬地支吾其詞。

原來他是跟寢宮裡的侍女有往來。

侍女們都喜歡聊八卦，連王公貴人不知道的事，她們都知道，對以前的事也很清楚。她們生活在密閉的空間，所以聊八卦是最開心的事。

看行成一副了然於心的樣子，中納言趕緊辯解。

「不是啦，不是那樣。我只是經過侍女的房間時，恰巧聽見她們在屏風後面聊這件事。」

擔心皇上病情的侍女們，聊起以前也曾經發生過類似的事，所以安倍晴明應該救得了皇上。

中納言在外面偷聽，朝議時想起這件事，就說出來了。

「所以，我也不知道詳情。可是，憑晴明的本事，應該是真的救過高僧吧。」

「的確是。」

行成點點頭，就此結束了這個話題。

他交代途中遇見的侍從先去通報，所以他的牛車已經在春華門等候了。

目送他離去的中納言，轉過身喃喃自語：

「那個房間有那種聲音的侍女嗎……？」

如行成所推測，他的確是跟寢宮的侍女私通，動不動就往寢宮跑。

他經常偷偷溜進去與侍女幽會，長久下來，大概都知道哪個房間住著哪些侍女。

說起那件事的侍女，聲音很嗲，聽起來有點稚嫩，十分清亮。

光想起那個聲音，身體深處就莫名地亢奮、戰慄起來。

「真想見她一面。」

以一夜情的對象來說，那個聲音很不錯。

中納言想著想著，又折回了寢宮。

傍晚時，陰陽頭找來陰陽博士安倍成親。

告訴他朝議談了什麼事、作了什麼樣的決定。

小怪的陰陽講座

⑦逐漸毀壞、應要求離去、應請求而逝都是同樣的日文發音。

⑧掌管壽命與福祿之神。

7

昌浩雙手抓著膝蓋，一句話也沒說。

什麼跟什麼嘛。

怎麼可以下達這種不合情理的命令？自己必須聽從這種命令嗎？

「……皇上的龍體是很重要。」

晴明無言地看著喃喃低語的孫子。

昌浩低著頭，用缺乏抑揚頓挫的聲音接著說：

「很重要。當然很重要……皇上是國家的神明依附體，所以一定要好起來。為了讓他好起來，我們什麼都願意做……可是……」

說了一長串的昌浩，猛然抬起了頭。

「可是……說不定，敏次大人也是今後絕對需要的人……」

晴明默然點著頭。

「沒關係，不用找什麼替身，因為，我……我會把魂虫找回來，所以絕對不能找

替身……」

用來取代的生命。

這種事不知道聽過幾回了。

昌浩自己當過替身，也見過好幾個成為替身的人。

他認識一個即將替代某人而死的男人。也認識因此死不了而扭曲了哲理的女人。

真的有人會因替身而得救嗎？

昌浩拚命思考這個問題。

最好是有不需要替身的其他辦法。

皇上的病情跟敏次一樣。聽說皇上也吐了大量的血。

那麼，皇上恐怕也是被奪走了魂虫，但原因不明。

肯定是因為少了魂虫，所以病情越來越嚴重。

昌浩抱頭低嚷。

智鋪。那傢伙的目的是什麼？為什麼要奪走魂虫？為什麼選敏次和皇上？

他們為什麼會成為目標？

昌浩覺得胃整個緊縮起來，呼吸越來越急促。

「昌……」

晴明正要開口時，昌浩猛然屏住了呼吸。

有個聲音在耳邊響起。

——總是會不自覺地想怎麼會這樣，只顧著追究原因。

瞠目而視的昌浩，腦中閃過愛宕天狗的身影。

——這樣根本無濟於事。

「……」

昌浩眨眨眼，緩緩抬起了頭。祖父泛著厲色的眼睛，直直盯著他。

他拚命思考。

思考其他辦法。

能不能用其他東西，暫時填補欠缺的魂呢？魂——從太極圖來看，陰與陽、魂與魄經常維持均衡。

有欠缺時，就會失去均衡。

太極圖其實就是呈現魂魄不斷旋轉的狀態。

不斷朝背向北方時看得見的太陽的方向移動。白天與黑夜會循環，太陽與月亮也

會循環，生命也會循環。

欠缺時就會瓦解，瓦解就會停止。

不久就會毀壞。

毀壞了，就會死。

敏次現在是靠停止時間的法術，停止了循環。因為在瓦解之前停住了循環，所以生命維持在施法的當時。

那麼，是不是也可以對皇上施行停止時間的法術呢？昌浩這麼想，但很快搖搖頭否決了。

那個法術需要強大的靈力，只有陰陽頭能使用。要說其他可能性，恐怕只有眼前的祖父了。

祖父不使用那個法術，一定是因為停止時間只是權宜之計，把問題往後延而已。與其把靈力用在停止時間的法術上，還不如全心全意找出根本的解決之道。

若是冷靜思考，昌浩也會選擇這麼做，畢竟時間和精力都有限。

那些身在政治中樞的貴族，或許認為生命垂危的陰陽生，會很樂意為皇上效勞。敏次如果有意識，接到這樣的命令，一定也會接受。

是的，他會應請求而逝。

「別開玩笑了……」

再怎麼說都太過分了。

只要用其他東西，填補欠缺的地方，即使不完整，皇上和敏次也能暫時熬過一段時間吧？

沒錯，比如說，請樹齡很長的木魂之神，分一點生命力給他們。

不，不行。目前的京城，已經沒有生氣洋溢的樹木可以做得到了。

現在只剩因枯萎、氣竭、汙穢而變得非常虛弱的樹木和朽木。

要不然，就從動物或乾脆從京城的人，分一點點生氣給他們吧？

這也很困難。人們的心被汙穢召來的陰氣侵蝕，變得很脆弱，稍微失去一點均衡，就會召來更嚴重的陰氣。

京城的陰氣祓除了，但京城外圍的樹木依然處於枯萎狀態。只要有誘因，轉瞬間就會湧入京城。

「……？」

陷入沉思中的昌浩，忽地眨了眨眼睛。

從很多人那分一點點生氣給他們。
很多的——傀儡。
他們也被奪走了魂虫。
那些魂虫都哪去了？

「——昌浩。」
埋頭苦思的昌浩，沒聽見叫喚聲。
看到昌浩按著嘴巴、望著虛空、文風不動的樣子，晴明輕聲嘆息。
太陰縮著身子，拍拍昌浩的背。
「喂，昌浩，晴明在叫你。」
「嗯……？」
昌浩眨了好幾下眼睛，看看太陰，再看看晴明。
老人輕輕嘆口氣說：
「想到了什麼妙方嗎？」
「呃……沒……」

晴明把脩子的信遞給支支吾吾的昌浩。

昌浩困惑地接過信，無奈地把信看完。

「……」

晴明平靜地說：

「公主殿下希望我可以治好皇上的病。」

另一封陰陽頭寫來的信，是下令用陰陽生來當皇上的替身。

「兩封信都是要救皇上。」

但是，因此要把敏次當成犧牲品，簡直是謬論，所以晴明很生氣。

「昌浩，我認為要先確認，皇上是不是跟敏次同樣的狀態。」

昌浩難以理解祖父這句話的意思，疑惑地歪著頭。

「你想想看，陰陽頭說看起來像是那樣，可是，即便皇上吐血、心臟差點停止，也未必就是吐出了魂虫吧？」

可是，接二連三發生了一連串的事件，再聽說那樣的病情，昌浩並不認為跟樹木枯萎、智鋪、魂虫無關。

「是……這樣嗎？」

沒有正面反駁的依據，昌浩只能皺起眉頭，謙虛地拋出疑問。晴明傲氣十足地對他說：「當然是這樣。靠臆測思考事情，會誤入歧途。或者……」

晴明的眼睛閃過冷冽的光芒。

「或者，只是走上被鋪好的道路。」

昌浩心頭一驚。

「皇上的病因至今不明，既然如此，最快的辦法不就是找出病源，將病源根除嗎？」

「是、是的，沒錯。」

昌浩點點頭。晴明刻意拿起放在矮桌上的扇子，打開扇子說：

「所以，你去一下，想辦法解決。」

◇　◇　◇

「好久沒聽到那種話了。」

昌浩露出遙望遠處的表情，喃喃說道。

神氣降落在他左右兩邊。

「的確是。」

這麼簡短回應的是六合。隔著昌浩出現在另一邊的太陰，聳聳肩說：

「有點懷念呢。」

「我才不懷念呢……」

誰會懷念隨隨便便就被囑咐的棘手案件嘛。

摘下烏紗帽，把頭髮綁在後面的昌浩，咔哩咔哩抓著後腦勺。

除了小怪不在肩上外，全身包著融入黑暗的深色狩衣、把放下來的頭髮在脖子後面綁成一條、戴著護手套、懷裡藏著幾條靈布的裝扮，跟在京城的夜晚四處奔馳時完全一樣。

輕輕飄浮起來的太陰，把昌浩從頭到腳仔細打量了一番。

「晴明和你都是為這事、那事，在不為人知的狀態下奮鬥。」

昌浩沉下臉說：

「沒辦法啊，我占卜也卜不出什麼結果。」

被晴明命令的昌浩，先回到房間，占卜了病因。

他轉動式盤、排列卜籤，還特別從祖父那裡借來皇上的出生時辰，用來判讀星象，

調查皇上原本的命運。

從搭配出生時辰的星座看到的星命，顯示皇上的壽命並不會就此結束，甚至還可以活很久。

然而，不知道為什麼，那個星命突然中斷，連上了其他命運。

命運被強行扭曲了。

與死人復活恰好相反，是活人將被送上黃泉。

原本不該有的被扭曲的命運一旦成真，就會影響與這個命運相關的所有人的命運。

皇上的影響力十分龐大，恐怕會波及甚廣。

即使影響大到與「對一個世界做了什麼」一樣，也不奇怪。

所謂的皇上、所謂的現人神⑨，就是這樣。當皇上就位時，就不再是一個人，而是一個國家的依附體。

也因此，更是非救他不可。必須恢復星命原有的樣貌，讓當今皇上在有生之年完成應盡的義務。

在占卜時，昌浩不禁覺得，皇上這個存在，就跟他們陰陽師一樣，被種種事物束

縛著，沒有自由。

皇上和皇上的親人，都背負著很多沉重的負擔。

昌浩腦中閃過竹三条宮的主人的臉龐。

很久沒去請安了，她可能會生氣地鼓起腮幫子說：「你是我的陰陽師耶。」

老是想等這件事結束就去、等這個工作結束就去。

結果到現在都還沒實現。

昌浩嘆口氣，站起來準備出門。

從皇宮回到家，就直接去了晴明的房間。進自己房間後，又馬上進行占卜，所以還穿著直衣。

他換上方便行動的狩衣，解開髮髻，把頭髮綁在後面，戴上護手套，把靈布揣進懷裡。

「走啦，小怪。」發現自己脫口而出這麼說，昌浩把手搭在牆上，沉吟了好一會。

可能是回到以前的感覺，所以覺得小怪就在很近的地方。

小怪在晴明的房間，躺在勾陣的肩上或膝上，一直閉著眼睛。

敏次躺在時間停止的深淵裡，小怪也跟他一樣，陷入了叫也叫不醒、搖也搖不醒

的睡眠裡。

不同的是，小怪只要身體復元，自然會醒過來。

走到外廊，就有兩道神氣降落。

是晴明命令六合與太陰隨行。

行動完全被看透了。經歷過那麼多事件，還在播磨修煉過，昌浩卻驚覺自己的思考還是跟十三歲的時候差不了多少。

沮喪地走出家門的昌浩，目的地是皇宮。

他使用「葉隱之術」隱藏身影，靠太陰的風前進。

圍繞皇宮的城門都緊閉著。點燃火把、派幾名看門的衛士站在那裡，是因為未必沒有夜盜之類的人會翻過城門或瓦頂板心泥牆潛入。

包覆昌浩的神氣之風，越過瓦頂板心泥牆、好幾個寮，降落在環繞寢宮的瓦頂板心泥牆上。

現在，昌浩站在武德門上，從那裡可以看到寢宮的南庭，以及清涼殿深處的許多宮殿。

太陰問站在那裡動也不動的昌浩：

「你要去皇上的寢殿嗎？」

昌浩搖搖頭說：「不，不可能。妳看，這個門的內側有陰陽頭他們佈下的結界。」

昌浩伸手指的地方，聳立著一般人看不見的牆壁。

這種結界的威力，到了晚上會更強大。因為非人的邪惡之徒，都是在夜間開始活動。

「我是沒關係，可是，太陰和六合可能會被擋住。」

「我們又不是邪惡之徒。」

太陰鬧起脾氣，六合對她說：

「意思是會對神氣的強弱產生反應，跟善惡無關。」

「就是這個意思。」

昌浩點點頭，結起手印。

「你要怎麼做？」

「像以前那樣，試著調到跟皇上同頻率。」

太陰與六合眨了眨眼睛。

皇上是重病，若調到跟他相同的頻率，昌浩也會變成那樣。

「我看情況不對，就會中斷法術，放心吧。」
昌浩閉上眼睛，調整呼吸。
「諾波阿拉坦諾……」
以前，為了尋找脩子，曾做過相同的事。當時的幼小臉龐，閃過眼底。
昌浩的意識飛向了這裡之外的其他地方。

◇ ◇ ◇

呸鏘……

聽見水滴淌落的聲音，昌浩猛然張開了眼睛。
黏稠、厚重的黑暗，在眼前無限延伸。
附近什麼也沒有，一個人也沒有。空氣纏繞著肌膚，粗糙地往上撫摸，感覺很噁心。
對自己施行暗視之術，還是一樣漆黑。

只能靠腳尖摸索著前進。
又再次響起呸鏘水聲。
每次聽到那個聲音，昌浩就會全身起雞皮疙瘩。發生了太多事，昌浩現在很討厭那個在黑暗中響起的水聲。
有水的味道。某個地方有水。
感覺前進的腳尖碰到了水。
才剛倒抽一口氣，就看到波紋從腳尖擴展出去。
不知何時，昌浩已經站在水面上。
他閉緊嘴巴，小心翼翼地觀察周遭。
從他站的地方，蕩漾出一圈圈的漣漪。
「……」
聽到呢喃般的聲音，昌浩豎起耳朵，傾聽從哪來的。
聲音是來自下方。
低頭一看，水面下有晃動的身影。
昌浩單腳跪下，定睛凝視。

有個人躺在被床帳包圍的地方。詭異地浮現在黑暗中的肌膚，蒼白得宛如死人，毫無生氣。

「死相」這個詞閃過昌浩腦海。那個男人完全被強烈的死亡陰影包覆了。

臉頰凹陷的男人震顫著眼皮。

圍繞四方的床帳抖動一下，伸進了一隻柔嫩的手。

男人醒過來，慢慢地轉動脖子，看見了掀開床帳進來的人。

男人看起來真的、真的很開心，眼神帶點瘋狂，笑了起來。

悄然無聲地溜進來的女人，臉被黑髮遮住了一半。

女人抓著披在肩上的唐衣前襟，跪下來，在床上滑行。

昌浩震驚不已。

從唐衣的縫隙，可以看到性感的大腿。

「唔……！」

差點叫出聲來的昌浩，慌忙摀住了嘴巴。

女人沒有把唐衣穿起來，只從胸口抓住了前襟。每動一下，就隱約露出纖細的脖子和鎖骨，披散的黑髮更加襯托出肌膚的白皙。

看得出來唐衣下面什麼也沒穿。

昌浩想撇開視線，卻不由得張大了眼睛。

他自黑髮間瞥見那女人的面容。

再也顧不得羞恥心的昌浩定睛凝視。

男人把手伸向了女人。唐衣從女人肩膀滑落，露出單薄的背部。男人的手爬過女人的白皙肌膚。女人被往前拉，纏綿地倒下去了。

男人張開嘴巴叫著「定子」。

女人嬌媚地回應，把嘴唇湊向男人的耳邊。

就在這個瞬間，昌浩清楚看見了。

「菖蒲……！」

男人叫著定子，緊緊擁抱的人，是菖蒲沒錯。

菖蒲把肌膚緊密地貼附在男人身上，不斷喃喃說著什麼。

豎起耳朵仔細聽，可以聽到甜美、帶點稚嫩的聲音。

『……我想……回來……』

嬌喘的聲音，的確是這麼說的。

我想回來。回到你身旁。但還不能回來。還不夠。所以，把你的……

女人的手妖媚地移動，摸進男人的單衣縫隙裡，從懷裡抽出了什麼，推到了角落。

像是白色紙片的東西，掉在角落，瞬間變成了黑色。

男人繞到女人背後不停移動的手，突然定住了。

嚴重的咳嗽從男人嘴裡溢出來。男人把臉背向女人，摀住嘴巴，不停地咳嗽，彷彿要把卡住的東西吐出來。

那個聲音很熟悉。敏次也不時出現那樣的咳嗽。他說再怎麼咳，都沒辦法把卡在胸口深處的東西吐出來。

女人把嘴唇湊近痛苦不堪的男人的臉。男人苦悶地喘著氣，卻顯得很幸福。

『把你的……蝴蝶……』

男人咳得更厲害了，紅色液體從指尖滴落。

男人扭動著身軀，彷彿被湧上喉嚨的東西擺佈了。

菖蒲開心地笑歪了嘴，把男人沾滿了血的手從嘴巴拉開，顧不得白皙的手會弄髒，硬是撬開了男人的嘴巴。

男人咳得更嚴重了，喀的一聲，吐出了一團白色的東西。

被女人接住的那個東西，顫抖著展開白色的翅膀，輕飄飄地飛了起來。

菖蒲滿意地瞇起了眼睛，把手伸向蝴蝶，瞥了男人一眼。

男人滿身是血，動也不動。

沒多久，床帳外響起了好幾個聲音。

女人穿上唐衣，把抓到的蝴蝶放進衣服裡，站起身來。

「唔……！」昌浩目瞪口呆。

菖蒲的確看了他一眼，還對著他笑。

明知道昌浩看著自己，她還是奪走了皇上的魂虫。

昌浩很快在嘴裡唸誦咒語，結起手印。靈壓的風吹向了菖蒲，但她一點也不為所動。

女人依然帶著笑，把手伸向了床帳。她的身影很快被成群飛來的黑色東西掩蓋，轉瞬間就不見了。

「菖蒲！」

昌浩大叫。

侍女裝扮的女人掀開床帳往裡面看，她張大眼睛，發出了尖叫聲——

◇

「——」

昌浩驚慌地張開眼睛。

心臟狂跳，全身冒著冷汗。

憂心忡忡的太陰，抬頭望著用袖子擦拭額頭的昌浩。

「知道什麼了嗎？」

昌浩邊調節呼吸，邊點著頭。

「是菖蒲，是她假扮成皇后，接近皇上。」

床帳被掀開的瞬間，皇上是一張迫不及待又喜形於色的臉。

從菖蒲熟門熟路的樣子、自然地靠近皇上的動作、迎合男人的手勢扭擺的肌膚，就可以知道她的來訪，絕非一次、兩次。

昌浩毛骨悚然。

菖蒲操縱著黑虫。黑虫是陰氣。她本身散發出來的靈氣也沾染了陰氣。

跟那樣的女人繾綣在一起，怎麼可能沒事。

皇上的病是脫離常軌的嚴重氣枯竭。菖蒲假扮成皇上最愛的女人，在他身心注入了汙穢，把他弄得十分虛弱。

為什麼非把他弄到這麼虛弱不可呢？

昌浩想起菖蒲從皇上懷裡拿走了什麼。

那可能是用來封住病情的靈符。菖蒲特意把靈符抽出來，丟了出去。

皇上就是在那之後吐了血。

除了環繞寢宮的結界外，還施行了幾層用來保護皇上的法術。不只皇上周邊，皇上本身也每天都被施行了除魔的法術。

菖蒲應該是花了很長的時間，逐漸削弱了法術的效力。然後，在皇上本身的生命力將盡之時，又偷走了維繫他生命的靈符。

失去所有保護的皇上的魂虫，就這麼輕易被奪走了。

聽說皇上今天早上吐血了。本以為魂虫在那時候就被奪走了，結果並不是。

陰陽頭看到皇上十分虛弱，被剝奪了生氣，所以認為皇上跟敏次一樣，是魂有了欠缺的部分。

「怎麼辦？」六合簡短詢問。

昌浩把刀印抵在嘴上說：「追。」

在菖蒲消失之際，昌浩在她的一根頭髮施了法術。

他不確定法術有沒有成功，但是，被黑影覆蓋的菖蒲消失時，法術的氣息也從現場消失了。而且，法術並沒有被破解的跡象。

循著法術的軌跡，就可以找到她消失到哪裡去了。

「皇上怎麼辦？」

太陰回頭看逐漸騷動起來的寢宮，皺起了眉頭。

昌浩擠出眉間皺紋，細細思考。

在冬天被奪走魂虫的藤原文重，到了夏天中旬還活著。可見魂虫被奪走，也不至於馬上死亡。

「──我有個主意。」

沉默許久的六合忽然轉過身去。

「六合？」

「你們先回安倍家。」

六合拋下這句話就消失了。

昌浩和太陰面面相覷，猶豫了一會。後來覺得，六合既然那麼說，一定有他的辦法。

昌浩又調到與皇上相同的頻率，把自己的靈力注入虛弱不堪的身體。這樣就不必擔心，會馬上因魂繩斷裂而死亡。

火把被點燃，懸掛的燈籠也被點亮了，從各個宮殿投射出光芒。

昌浩瞥了一眼紫宸殿背後的後宮。

雖然不清楚是哪座宮殿，但其中之一住著藤壺中宮。

昌浩心想藤花一定很擔心她吧。

又想起以前的一些事，昌浩微微一笑，跟太陰一起離開了現場。

小怪的陰陽講座

⑨皇上的美稱，把皇上視為活神仙。

8

昌浩回到安倍家時，祖父好像還沒睡。

「爺爺還沒睡嗎？」

既然這樣，早點報告事情的經過比較好。

他從庭院走過去，為了謹慎起見，先在外廊前出聲叫喚。

「爺爺？」

勾陣打開木門，單手抱著小怪，滿臉緊張地走出來。

「我回來了……」

「回來得正好，昌浩，快進來。」

在勾陣的催促下，昌浩疑惑地走上外廊。

正要進房間時，昌浩應聲僵住了。

晴明坐在墊褥上，靠著憑几。

一個女孩端坐在他旁邊。

「螢……！」

模樣跟分別時完全沒變的女孩，對昌浩回眸一笑。

昌浩在她旁邊跪坐下來，瞪大了眼睛。

「怎麼了？螢！妳怎麼在這裡？夕霧沒跟妳一起來嗎？」

環視周遭，都沒看到那個現影。

夕霧不在螢的身旁，太奇怪了。

而且，這種時候來訪也大有問題。

在笑臉迎人的螢旁邊的晴明，露出了苦笑。

昌浩盯著默然端坐的女孩。

「不對……是式。」

聽見昌浩這樣的低喃，晴明滿意地點了好幾下頭。

「看出來了啊，不錯嘛。」

「爺爺做出來的？」

懊惱居然會被嚇到的昌浩，皺起了眉頭。

「不，是螢放的式。」

回答的是勾陣。

昌浩出門後，晴明就躺下來了。勾陣想熄滅燈台的火時，發現有道氣息降落在庭院。

這座宅院圍繞著晴明和天空佈設的結界，沒有幾個人進得來。天狗剛剛才來過，不可能又是他們。

勾陣狐疑地打開木門，看到佇立的女孩，不禁瞠目結舌。

她也跟昌浩一樣，很訝異螢怎麼會在這裡。這時，背後響起了老人的聲音。

那是式。

被老人這麼一說，勾陣也看出的確是式。是把螢的氣吹進紙偶，讓紙偶變成螢的模樣。

可以讓式從菅生鄉飛到這裡，技術也太高超了，勾陣再次讚嘆螢的實力。

「我也不想嚇你們，可是，要把詳情寫出來，又太長了。」

說得滿不在乎的式，完全就是螢的模式，語氣、小動作、表情都是。

要昌浩做出這樣的式，老實說很困難。

既佩服又不甘心的昌浩，下定決心，等各種事情告一段落後，也要在這方面多下

點工夫。

「昌浩，皇上的病因是什麼？」

面對老人的詢問，昌浩端正了坐姿。

他簡化了驚險的過程，說出法術中看到的事。

晴明合抱雙臂，表情嚴峻，默默聽著。坐在牆邊的勾陣，也靜靜拉著躺在她膝上的小怪的尾巴。

「……對菖蒲施行的法術，應該有效，我會去追。」

昌浩做了這樣的結論，晴明憂心地說：

「智鋪啊……」

早就猜到十之八九是這樣，果不其然，在背後拉線的人是智鋪眾，和被稱為智鋪祭司的人。

昌浩在膝上握起的拳頭，握得更用力了。

「不知道為什麼，他們好像在收集魂虫。我會把皇上的魂虫和敏次的魂虫奪回來。」

看到一隻鞋後被黑虫襲擊的人的魂虫，都消失到哪裡去了呢？

是不是跟文重那時候一樣，用來讓人清醒，或是用來讓人死而復生呢？

那麼，敏次的魂虫和皇上的魂虫，被奪走後應該不會被銷毀或破壞，而是以某種方式再利用。

昌浩思索著。

要怎麼取出被吸入柊子體內的文重的魂虫呢？

風音說要幫他想辦法，但是，看守書庫時，昌浩有非常多的時間。

所以他想到了辦法。

是不是可以像在尸櫻世界做的那樣，把時間稍微倒回去，在魂虫被屍骸吸入之前擋住，把魂虫送回去呢？

光靠昌浩的力量，無法完成那個法術。當時，充斥著邪念的世界，因為陰到極點轉為陽，他是利用了那一瞬間的爆發力的波動。

現在，那股力量改變了形式，存在於昌浩觸手可及的地方。

被供奉為神的東西，必須保護將自己供奉為神的人。這是規定，是這個世界誕生以來就被訂下的規定。

神也不能違抗規定。以前的尸櫻世界已被供奉為神，名為「櫻咲早矢乙矢大神」。只要昌浩乞求，不管何時何地都可以得到祂的協助。

但是，文重一定不希望昌浩這麼做。他活下來，柊子就會死。要讓文重和柊子都活下來，需要替代的生命。

昌浩已經明白，沒辦法這個也救、那個也救。可是，他又不想對來求他幫助的人見死不救。

昌浩張開右手，集中全副精神搜索。

菖蒲應該是躲在某個地方。對她施行的法術的氣息，會以一根頭髮的細微度，傳到昌浩手上。

「可能不在京城了，在更遙遠的西方……可能是海的另一邊……」

這時候，螢的式開口了。

「瀨戶海對岸的四國阿波，有智鋪眾的根據地。」

昌浩馬上把視線轉向了式，表情不變的式又淡淡接著說：

「去阿波調查樹木枯萎原因的冰知，斷了音訊。」

「咦……？」

心臟狂跳、眼睛眨也不能眨的昌浩，抓住了式的手。

「妳說什麼？冰知？那個冰知嗎？」

式依然面無表情，點個頭說：「是的。」

冰知是個武藝高強的練家子。除了夕霧外，冰知的武術最厲害。以前，他是螢的亡兄的現影，將來決定成為總領的左右手，從事幕後工作，所以他一直在鍛鍊自己的智力與靈力。

他的謀略縝密、狡猾，昌浩有時會想，當時能逃脫他的陷阱，全然只是運氣好吧？在菅生鄉，越是知道冰知的實力，心底就越是發毛。

那個冰知。

「在哪裡？什麼時候？」

晴明制止了不由得逼近式的昌浩。

「不要逼問式……也因為這件事，螢小姐希望你去一趟菅生鄉。」

正好現在的昌浩脫離陰陽寮的職務，回來協助晴明，可以自由行動。

「要治好皇上的病，恐怕也一定要去菅生鄉。」

晴明一移動視線，太陰就現身了。

「太陰和六合會陪你去……六合哪去了？」

感覺不到六合的氣息，晴明詫異地問，太陰回說：

「他說他想到救皇上的權宜之計，說完就不見了。」

「什麼權宜之計？」

「誰知道？晴明都不知道了，我怎麼可能知道。」

太陰說著，把視線轉向昌浩。

昌浩也猛搖著頭，表示自己也不知道。

「我想也是……啊，說人人到。」

太陰才眨個眼，十二神將六合就現身了。

「你跑哪去了？」

面對主人的詢問，六合簡短回答：

「竹三条宮。」

擔心父親擔心到睡不著的脩子，聽見鴉雀無聲的黑暗前方有談話聲。

她悄悄爬下床，往聲音的方向走去。

「是風音……和藤花。」

離天亮還有段時間。這個時候，侍女應該也沒有工作了。

脩子知道，藤花還好，風音會在這種時間活動，通常是發生了什麼事。

現在，京城平靜得可怕。皇上病倒，徘徊在生死邊緣，卻沒有出現任何反映這件事的現象。

但是，也可能只是脩子沒看到而已。

只穿著單衣走向侍女房間的她，看到兩個人坐在外廊。

風音穿的不是侍女服裝，一身輕便的裝扮。藤花只在單衣上披了一件外褂，像是剛剛從床上爬起來。

脩子走得很小心，還是被聽見了腳步聲。

風音把視線轉向了她，藤花稍後也察覺了。

脩子小碎步跑向了她們。

幾個懸掛的燈籠照亮了渡殿和走廊。

因為皇上的病，有幾個懸掛的燈籠是通宵亮著，以備隨時可能有狀況發生。

燈台和手持式蠟燭，亮光範圍狹窄。點燃懸掛的燈籠，再拿著蠟燭，即使在黑夜中，也能像白天那樣活動。

脩子沒拿蠟燭，但光靠懸掛的燈籠也能看得很清楚。

或許是因為她看得見肉眼可見的東西，也看得見肉眼不可見的東西。

「怎麼了？」

看到詢問的脩子表情僵硬，風音盡可能笑得很溫柔。

「聽說皇上的狀況不太好，所以我想去看一下。」

脩子的肩膀大大顫動起來。

「父皇的情況……那麼……」

「公主，妳不用擔心。」風音單腳跪下，配合脩子的視線高度，真誠地說：「我去就是為了預防萬一。」

「拜託妳了。」風音的話還沒說完，脩子就懇求她：「請救救父皇，求求妳、求求妳，風音！」

奪眶而出的淚水，模糊了脩子的視野。

選擇住在竹三条宮，而不是寢宮，是自己的任性。所以，覺得寂寞，也要怪自己。她隨時可以進宮見皇上。但是，皇上有很多事要做，非常忙碌，所以並不是可以經常見面。

然而，只要皇上活著，隨時都可以見得到。

可以見得到。只要活著。

好想再見一面。再見一面。再見一面。不，不要只再見一面，要再見好幾面、再見好幾面。

如果要她為此付出什麼重要的東西做交換，她說不定會馬上答應。

風音點點頭，為脩子拭去盈眶的淚水。

「放心吧……我很少斷言與生命相關的事，但我可以告訴妳……」

風音的眼眸更深沉了。

「皇上不會有事，因為我不會讓他死去，相信我。」

「……」

脩子默然點頭。

風音把脩子交給藤花，咚一聲跳起來，就消失在黑暗中了。

「公主殿下，我送妳回主屋。」

藤花一碰到脩子的肩膀，就驚訝地張大了眼睛。

「哎呀，公主殿下，妳怎麼這麼冷……請等一下，我去找件衣服替妳披上。」

脩子漠然望著藤花折回房間打開唐櫃的背影。

她與風音的房間沒有贅物，家具用品也整理得井然有序，感覺很舒適。
點燃的燈台火焰裊裊搖曳，藤花的影子緊跟在藤花後面。
脩子覺得那個畫面很有趣，緊盯著搖來晃去的影子，忽然看到房間角落放著一個梳妝盒。那是個很普通的梳妝盒，但蓋在上面的布有些隆起。
不知道為什麼就是好奇，她悄悄拉開了蓋在盒子上的布。
裡面是布料，還沒做成衣服的布料。
她環視房間，看到其他地方也有還沒縫製的布料、縫製到一半還缺袖子和衣領的布料，都摺疊好放在盒子裡。
脩子盯著布料看。是上等質料，但穿在藤花或脩子身上，色調太過樸素。
藤花說過，替晴明做了新衣服，去探望時交給了晴明。
本想可能也是為晴明準備的布料，但總覺得不像。並不是這個顏色不適合晴明，而是覺得晴明穿清爽、涼快的顏色，看起來會更年輕，更適合。
這個顏色偏向厚重，要穿在年輕人身上而非老人身上，才能綻放光彩。
「公主殿下，請穿上這件……」
從唐櫃選了一件衣服又折回來的藤花，看到脩子盯著分好後用布蓋起來的布料，

「啊」地輕輕叫了一聲。

聽見聲音的脩子抬起了頭。

「藤花，這是怎麼了？」

不知道為什麼，脩子就是想問，藤花的眼眸瞬間泛起了寂寞的神色，但很快就擺出了拋開寂寞的表情，回答說：

「是前幾天左大臣送來的，我覺得很好看，心想哪天可能用得上，就先偷偷藏起來了。」

布料有很多，有必要偷偷藏起來嗎？

「這樣啊……」

脩子無法理解，但還是點了點頭。

藤花帶著披上新衣的脩子，走向主屋。

「要小心走哦。」

「放心吧，藤花才要小心走呢。」

「是。」

就在嘻笑之間，走到了主屋。

「妳會用那個布料替晴明做衣服嗎？」

脩子假裝不經意地問，藤花眨眨眼睛，緩緩地搖搖頭。

「不……應該不會用來做衣服了。」

那麼，為什麼要留著呢？脩子把這個疑問吞下去了，因為覺得好像不能問。

「進去吧，公主殿下，離天亮還有段時間，請好好休息。」

藤花應該是打算陪在床邊，直到脩子睡著。

每次有什麼事，她都會這麼做，竭盡心思讓脩子不會寂寞、不會害怕。

脩子乖乖鑽進了床帳。

小妖們各自以不同姿態睡在墊褥上。

脩子抿嘴一笑，把三隻小妖推到邊邊，再爬上墊褥。

藤花經常和小妖們交談，那個身影浮現脩子腦海。小妖們總是嘰嘰喳喳說個沒完，很開心的樣子。

它們的話題裡，經常會出現安倍家的事，譬如晴明的事、吉昌的事、夫人的事，還有昌浩的事。

「——」

閉著眼睛的脩子，猛然張開了眼睛。

那塊布料。

適合厚重顏色的年輕人，才適合那塊布料。不是人人都適合。如同每個人都有自己的喜好那般，每個人適合的顏色、花色也都不同。

適合那塊布料的是……

命婦用嚴厲的眼神看著藤花的光景，閃過腦海。

什麼時候命婦會露出那種眼神呢？

是在……

——應該不會用來做衣服了。

胸口微微彈跳起來。

以前，藤花說過，如果可以的話，願意永遠留在竹三条宮侍奉自己。

當時，脩子聽了很高興，沒有想太多。

現在，藤花十七歲了，左大臣老是帶貴公子寫的詩歌來給她。

其實，左大臣不那麼做，總有一天也會有很多男人來追求她。

然而，她卻說她想一直待在這裡。

為什麼？

因為……

脩子腦中浮現一個年輕男人的身影。

他是脩子決定攬為己用的陰陽師。

用那塊布料做成的衣服，只有他一個人適合穿。

那就是安倍昌浩。

◇　◇　◇

咚鏘。

遠處響起了水聲。

藤原文重緩緩抬起了頭，有種身在酷熱中的感覺。

「柊子……」

他呼喚陪伴在枕邊的妻子的名字，吃力地舉起了手。

柊子握住他的手，臉部扭曲地對著他笑。

「怎麼了？文重哥。」

聽到聲音，文重才終於放心了。

「太好了……我夢見妳去了什麼地方……」

每天晚上，一睡著就做同樣的夢。

黑暗中，文重站在黑色水面上。

柊子應某人的要求離去。

某人應柊子的請求而逝。

然後，柊子逐漸毀壞。

不知不覺中，視野模糊，水聲籠罩，文重狂叫起來。

扯開喉嚨呼喚柊子的名字。瘋狂似地叫了又叫，叫到從嘴巴溢出鮮紅色的血和無數的白色蝴蝶。

想要蝴蝶的話，多少隻他都願意給。他只要柊子活著，其他什麼也不要。

除此之外，他什麼也不要。他只想要一樣東西。

直到心被昏暗的東西浸染，文重才醒過來。

這時候，柊子一定在身旁，看到她，文重就安心了。

每天重複著這樣的光景。

他心想會不會在柊子毀壞之前，自己就先毀壞了？

若能如願，他希望自己先死。只是怕柊子會哭著說她絕對不要這樣，所以他一直沒有說出來。

因為不想讓她哭泣，所以文重非活下去不可。

「你要吃點東西才行，我去拿。」

柊子走出了房間。

文重喘口大氣，摀住了嘴巴。他鑽進外褂裡，把臉貼在墊褥上，壓住湧上來的悶咳、壓住聲音。

不能讓柊子聽見。不能讓柊子發覺。

不能讓柊子知道，這個沒有魂虫的身體，已經被汙穢盤據，浸染了陰氣。

沒多久就會浸染全身。

他清楚知道，到時候，他將不會再是深愛著柊子的自己。

會變成只是假裝愛她、假裝認得她的傀儡。

文重現在才知道，所謂魂虫就是人性的心靈部分。

魂虫被奪走了，人就不再是人了。

會偏向陰的一方，被黑暗浸染。

那樣的人是不是該稱為「鬼」呢？文重在逐漸模糊的意識角落思索。

壓抑咳嗽的文重，淚流滿面。

為什麼會變成這樣呢？自己只是愛著柊子，希望跟她一起活下來啊。

是她的病攪亂了一切。所以，文重打從心底憎恨將她奪走的疾病。

他還沒察覺，憎恨也使自己逐漸偏向了陰的一方。

忍了好久，一波的咳嗽才平息下來。

慢慢爬起來的文重忽地蹙起了眉頭。

柊子遲遲沒有回來。

「柊子……？」

先確定沒有黑虫，才小心翼翼去廚房後面的井水汲水的柊子，看到有個身影站在原本沒人的地方，臉色發白。

「妹妹……」

提在手上的水桶滑落，發出清脆的聲響。

咔啦咔啦滾動的水桶，停在菖蒲腳下。

「姊姊。」

滿臉喜悅的菖蒲，抱住了柊子。

用力擁抱自己的妹妹的手臂，冰冷得可怕。柊子發覺，她的身體散發著奇怪的味道。

像是朽木散發出來的獨特的乾燥味道。

「姊姊，妹妹忘了說很重要的事。」

掙扎著想推開妹妹的柊子，耳邊響起甜美的輕聲呢喃。

「有辦法可以救姊姊，也可以救文重哥，是祭司大人告訴妹妹的。」

柊子瞠目結舌，倒抽了一口氣。

菖蒲更用力地抱住了不再抵抗的姊姊。

「祭司大人說，要救姊姊和文重哥，就要……」

嗲聲嗲氣說著話的菖蒲，忽然移動了視線。靠著柱子勉強撐住身體、眼睛佈滿血

絲的文重，就站在她的視線前方。

菖蒲真的笑得很開心、很天真。

「聽清楚嘍，就是……」

要讓柊子聽得見，文重也聽得見。

所以，菖蒲在發聲時稍微用了點力。

9

天快亮時，風音回到了竹三条宮。

藤花聽見聲響，猛然張開了眼睛。脩子很快就睡著了，所以藤花也躺下來，打算休息一下。

「雲居大人。」

悄悄爬起來的藤花，發現風音用布按著左手腕。仔細一看，她的衣服下襬被撕得歪七扭八。

「妳受傷了……」

藤花趕緊找布，壓在風音的手腕上。

「謝謝，傷口有點深，所以很難止血。」

苦笑的風音臉色蒼白。

「還有其他受傷的地方嗎……？」

藤花的表情像是自己受了傷，風音對她搖搖頭說：

「放心吧，我只是過度勞累，所以覺得身體很重而已。」

過半夜時，六合出現，對風音說了些什麼。她臉色沉重地點點頭，就開始做出門的準備了。

摸黑出去的她，應該是去了寢宮。為了救快要病死的皇上，她一定做了什麼藤花無法想像的事。

藤花沒有問詳細情形，因為問風音不能回答的事，只會為難風音。

就像對待陰陽師那樣，藤花也只問風音可以回答的事。

但是，她還是問了一件無論如何都想問的事。

「皇上怎麼樣了……」

倏子不安的臉龐，一直烙印在藤花腦裡，揮之不去。

風音深深一笑。

「我不是說過嗎？我不會讓他死去。」

有這句話就夠了。

藤花呼地鬆口氣。

這時候，傳來拍打翅膀的聲音。

『公主、公主。』

是烏鴉嵬。現在還太早，所以它不敢隨便飛進房間。

風音很快把傷口綁緊，走出房間。

『昌浩在外面。』

「昌浩？這種時間？」

儘管詫異，風音還是確定沒人看見，就溜出了竹三条宮外。

在路邊降落的風音，環視周遭時，從牆壁陰暗處傳來了聲音。

「風音，這邊。」

十二神將太陰對她招著手。仔細一看，昌浩也在牆壁陰暗處。

風音走到他們那裡時，六合也現身了，把深色靈布蓋在她身上。這時候還是可能有人經過，所以六合是擔心她會被人看見。

瞬間，風音與六合的視線，意味深長地交會了一下。

「……」

六合看出了她眼底深處的意思，默默垂下眼皮。光是這樣就夠了。

「怎麼在這種時候來？」

這麼問的風音，發現了一件事。
昌浩穿著狩衣、戴著護手套、穿著狩褲和草鞋，還斜背著布包袱。
那是旅行的裝扮。
「事出突然，我現在要去播磨和阿波。」
真的很突然，風音也大吃一驚。
「啊？」
風音反射性地回問，昌浩簡單扼要地說明了事情經過：
接到命令，要敏次成為皇上的替身。
為了協助晴明，自己暫時脫離了陰陽寮的職務。
對菖蒲施行了法術。
神祓眾總領家放了式來。
經過調查，樹木枯萎的原因可能是在阿波。
那裡是智鋪眾的根據地，文重和柊子就是來自那裡。
邊聽邊一面點頭的風音，歪著頭問：
「那麼，你要我做什麼？」

昌浩不在京城期間，當然要幫他防止樹木枯萎、祓除汙穢，這件事不用說也知道。

安倍晴明回到京城了，但還不能動。

「老實說，連天狗居住的愛宕鄉都出現了問題，白虎、太裳、玄武都去那裡了。」

不知道什麼時候才會回來。

風音沉下了臉。

「只剩下在這裡的兩位，還有天空、勾陣、騰蛇吧？」

但是，風音聽說，十二神將騰蛇耗盡神氣昏迷了。

那麼，在人界還能正常活動的神將，只剩下勾陣、太陰、六合。

「是啊，不過，六合、太陰要跟我一起去播磨和阿波，所以只剩天空和勾陣。異界還有天后和天一，可是他們兩人不在的話，爺爺就是一個人了。」

「沒錯，的確是這樣。」

風音點點頭，打了個冷顫。

仔細想想，安倍晴明率領的十二神將，戰力居然被明顯削弱到了這種程度。

「所以，無論如何都想拜託妳一件事。」

昌浩說的是住在九条的藤原文重和柊子的事。

柊子本身就是陰氣。再怎麼祓除汙穢，她都會再召來陰氣，汙穢會在她那裡沉滯。

柊子半身腐朽，其實不能再活下去了，是文重的魂虫讓她繼續活著。

「從柊子說的話來判斷，文重大人應該也快吐血了。到時候，壽命就沒剩多少了。」

昌浩擔心的是，文重死後的柊子。

她一定會自責，認為文重是被自己逼死的。陷入絕望中的她，恐怕很快就會被陰氣浸染。

「我總覺得，可能有很多徵兆了。危險的徵兆。我想，應該到處都有很多這樣的徵兆。」

樹木枯萎、氣枯竭，形成汙穢。這樣的汙穢再引發樹木枯萎，導致氣枯竭，人們就會被陰氣浸染。

從「花很長、很長的時間，精心鋪設好的道路」的觀點來看，皇上的龍體欠安，也只是大汙穢的漩渦中的現象之一。

「所以，真的很不好意思，希望妳也能注意一下柊子。」

打從心底覺得不好意思的昌浩低下了頭。

昌浩知道，風音逼自己做了種種事，暗藏著很多很多的心事。這一點，昌浩也一

樣。但自己是這樣，跟知道別人是這樣，造成的壓力不一樣。
不知道為什麼，總覺得自己的重擔，事實上沒那麼重。相對的，總覺得別人的重擔，事實上更重、更辛苦。
風音什麼都不說，所以不覺地就會拜託她。其實，她應該也很疲憊。
平時都有六合在身旁支持她，但六合要跟昌浩一起去播磨和阿波了。事情解決後就會回京城，但不知道要花多少時間。
昌浩長期住在陰陽寮，很久沒去過九条了，一直很擔心現在不知道怎麼樣了。
「知道了，我等一下去看看。」
「謝謝，拜託妳了。」
昌浩打算等風音答應後，就在出發前送信過去，說明原委。
讓他們知道，會有非常值得信賴的女性，替自己過去幫忙，所以要堅強地撐下去。
此外，昌浩還有個想法。
風音是道反大神的女兒，祓除汙穢的力量一定比自己強。
昌浩還沒找到方法，但說不定沒有魂虫，風音也有辦法讓柊子活下去，並且治好文重的病。

聽到這樣的想法，風音苦笑著聳聳肩說：

「我或許可以把魂虫送回本人體內，但其他事就很難說了。」

「說得也是。」昌浩遺憾地笑笑，沮喪地垂下了肩膀。「我不該把所有事都推給風音，神祓眾也知道不少事，我去問問有沒有什麼辦法。另外……」

昌浩支吾其詞，視線飄忽不定。

最後似乎下定了決心，對歪著頭的風音說：

「九流的比古、多由良，在神祓眾那裡——」

風音也啞然失言。

響起水聲。

帶著魂虫的菖蒲，從擴大的黑色水面浮出來。

只穿著一件唐衣的女人，看到背對自己佇立的男人，開心地跑過去。

「祭司大人。」

女人撒嬌地貼在男人背部，伸出拿著魂虫的手給祭司看。

「這是皇上的蝴蝶，祭司大人。跟以前那些比起來，這隻最美……」

祭司從陶醉地低喃的菖蒲手上抄走了魂虫。

「菖蒲……」

「怎麼了？」

男人把手伸向天真地歪著頭的女人的頭髮。

「妳是不是帶著髒東西回來了？」

「咦……？」

男人隨手拔起疑惑的菖蒲的一根頭髮，菖蒲痛得皺起了眉頭，但什麼也沒說。

頭髮被施了法術，祭司搜尋法術的波動，喃喃低語：

「是陰陽師啊……」

菖蒲覺得他的聲音透著笑意。

可見祭司大人樂在其中。

她被放了髒東西，還把髒東西帶回來了，但她並不懊惱自己的疏漏，反而更高興看到祭司樂在其中。

「陰陽師很快就會來找我們。」

開心得眼睛閃閃發亮的菖蒲，用嗲氣又帶點稚嫩的聲音，天真地喧鬧：

「哇……那就可以得到最上等的魂虫了。」

「是啊。」

祭司用力點頭，扭頭往後看。

佇立在黑色水面中央的件，凝視著祭司和菖蒲。

「宣告預言——」

件聽從男人的話，開口說：

『——阻礙道路的煩惱根源，將會全部斷絕。』

響起呸鏘水聲。

好多圈漣漪擴散開來，裡面映出了好幾個身影。

有飛過天空的陰陽師、有扮成京城居民走在路上的女人、有勉強保住一條命的皇上、有抱著期待圍繞在皇上身邊的許多人。

水滴淌落，掀起新的漣漪。

挨著一頭大野獸的年輕人，眼神憂鬱地蹲坐著。

全身傷痕累累的年輕人與遍體鱗傷、站也站不起來的野獸。

男人的嘴唇蠕動起來。

——你可能不知道吧？

——那種駭人的絕望。

正如他所說，他們的眼眸因駭人的絕望而凝結了。

「——」

男人露出布外的嘴唇冷冷地笑著。

◇　◇　◇

在竹三条宮的工作告一段落的風音，溜出來時已經快傍晚了。

夏天的黃昏來得比較晚。已經過了酉時，快到人稱「逢魔時刻」的時候了。

很不想在這種時候出來，可是，跟昌浩說好了。

今天一定要去九条的藤原文重府邸，確認柊子和文重的狀況。

接近九条時，傳來令人窒息的感覺。

「好像被昌浩說中了……」

昌浩說可能有徵兆了。這個令人窒息的感覺，就是汙穢的徵兆。

文重的府邸在京城郊外。樹木的枯萎在環繞京城的城牆外面蔓延。

風音加快了腳步。

那個叫柊子的女人，違反了這個世界的哲理，是個邪惡的存在。

不論如何祓除淨化現場，只要柊子存在，就會扭曲歪斜，從那裡灌入不好的東西。

是的，她就像把不好的東西引入京城的門。

柊子是把汙穢召來京城的門。

風音猛然停下了腳步。

「門……」

眾榊中的榎，一心隱藏一扇門。

聽說，在京城地底深處，有個榎岦齋製造的名為「留」的假門。

既然有假的門，就應該有真的門。

這樣的話，那扇真的門在哪裡？

智鋪的所有謀略，都是為了打開那扇門。打開門，地面上就會充斥著黃泉之鬼。

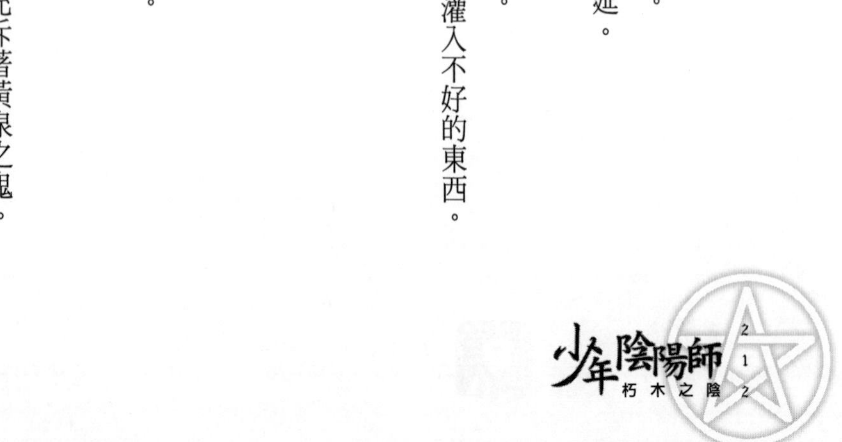

這個一度看似潰敗的計畫，其實一直在秘密持續中。

從幾十年、幾百年前開始，一切就走上了被鋪設好的道路。

那麼，柊子的事也絕非偶然。

背脊掠過一陣寒顫。風音有不祥的預感。這就是徵兆。

仰望天空的風音，心頭一驚。

九条的一隅，上空奇妙地歪斜著。

是陰陽失衡所產生的歪斜。

那附近已經大大偏向了陰的一方。

若陰氣增強，難保圍繞京城的結界不會開始崩塌。

籠罩著強烈陰氣的地方，就是藤原文重的府邸。

應該已經被昌浩徹底祓除、消失的陰氣，在那裡厚厚凝結，形成了汙穢。

風陰提高警覺，鑽進了門內。

整座宅院裡只有朽木。

「朽木……」

那個以柊樹為名的女人，身體已經腐朽，本身就是汙穢，所以從那裡產生了歪斜，

召來了更多的汙穢。

強烈的陰氣纏繞著風音。

「好嚴重……」

每吸一口氣，進入體內的陰氣就會奪走體溫。

手腳異常冰冷。肌膚起雞皮疙瘩，宛如被堅硬的冰塊撫過，針刺般地刺痛。

「有人在嗎？」

風音出聲叫喚，過了一會，出來了一個男人。

瘦得像幽魂、膚色慘白的男人，凹陷的眼睛閃爍著不尋常的光輝。

「您是藤原文重大人嗎？」

男人遲緩地點點頭說：

「是的，妳是……」

「我是安倍昌浩的親友，這麼說您應該就知道了吧？」

文重張大了眼睛，表情驟變。

「喔，那麼，妳就是……我們接到昌浩大人的通知了。來，去柊子那裡。啊，不要管鞋子了，快，快進來。」

這麼催促的文重，似乎連風音脫鞋子的時間都想省下來。

在文重的帶領下，每前進一步，陰氣就更強烈。

召來這種陰氣的女人，還能算是活著嗎？

那酷似具有強大妖力的大妖散發出來的氣。令人難以相信的是，每天浸淫在這麼強烈的陰氣裡，還能保住理智。

這麼想的風音，也是一鬆懈就會被陰氣侵襲，她感覺身體很沉重。

柊子或許還好，文重不可能沒事。

在前面帶路的文重，回頭對風音說：

「就是這裡——柊子，替昌浩來看妳的人來了。」

裡面沒有回應，但緊閉的門稍微打開了一些。

瞬間溢出了強烈的陰氣。

早猜到會是這樣的風音，在袖子裡結印、在心裡默唸祓魔神咒，勉強躲過了陰氣。

從木門縫隙進入室內後，連風音都倒抽了一口氣。

雖然用布蓋住了半腐朽的身體，還是隱藏不了從那裡散發出來的腐臭味。不，跟腐臭味又不一樣，是帶點微妙的甜、似乎會黏人的味道。

應該是屍臭味。

柊子果然死了。可以這樣活著行動，無非是靠智鋪的法術和文重的魂虫。

經過探索，風音看到端坐的柊子的胸口深處，有顆小珠子，釋放出與她本身不同的波動。

那就是文重的魂虫。

原本柊子的魂所在的地方，放入了文重的魂虫。儘管沉入了那麼深的地方，還是不可能在那裡扎根。

風音判斷可以取出魂虫。

最怕的是取出時會傷到魂虫。

魂虫是魂的化身。魂比靈體更容易毀損，虛幻到一點點撞擊就會受傷，有時還會碎裂。

人類的生命就是這麼脆弱。

垂著頭的柊子，半晌才開口說：

「妳是昌浩大人……」

「他有送信來吧？他要暫時離開京城，所以這段期間由我來祓除妳的汙穢……」

在柊子前面下跪致意的風音，覺得不太對勁。

柊子在鋪木板的地上，攤開好幾件外褂，坐在那上面。

並不是沒有其他墊子。放眼望去，牆邊就擺著榻榻米和圓坐墊。明明可以拿那些東西來坐，為什麼要坐在外褂上？

風音下意識地往後退。

但沒辦法在外褂上倒退。

沒穿鞋的腳丫子，感覺布下面有東西，像是細長的樹枝。

風音驚訝地掀開外褂，看到下面鋪滿了腐朽的柊枝。

「柊……」

房間的四個角落也插著四種樹枝。

分別是椿、榎、楸、柊，全都枯萎了。

若是尚未乾枯的樹枝，會成為防止邪惡東西靠近的柱子，而朽木正好相反。

枯萎的樹枝會召來邪惡的東西，那麼，朽木呢？

風音踩在腳下的柊，已經腐朽了。這些朽木的味道，帶點微妙的甜，似乎會黏人，跟柊子腐朽的身體散發出來的屍臭味一樣。

散發著屍臭味的朽木，層層歪斜、震顫著。

這是用朽木畫出來的咒法陣。

生氣從接觸到柊朽木的肌膚，唰地被吸走了。

「唔……！」

陰氣瀰漫而陷入沉滯汙穢中的宅院、枯木的結界、朽木的咒法陣，是三重陷阱，被捕獲的風音癱坐下來。

靈力被奪走，體溫、氣力也被連根拔除了。

強撐著不讓自己倒下來的風音，呻吟著說：

「為……什……麼……」

垂著頭的柊子，緩緩抬起了頭。

用布遮住左半邊只露出右半邊的臉，十分美麗。

淚水從依然美麗的右眼滑落下來。

「對不起……」

硬擠出來的聲音，因流淚而顫抖。

「對不起……對不起……」

「我沒叫妳道歉……」
風音要聽的是理由，柊子卻光是不停地道歉，什麼都不說。
風音的眼睛射出兇光。
她也不想對女人動粗，但這樣下去，自己的身體會撐不住。
「等一下再好好聽妳說為什麼這麼做！」
以兇狠的目光撂下話後，風音找到咒法陣的核心，結起手印。
「碎破！」
如針般犀利的靈力，擊入咒法陣的正中央，朽木向四方飛去，被注入裡面的靈力煙消雲散。
反作用力襲向了柊子。被反彈回來的法術擊中的柊子，慘叫一聲往後倒。響起骨折的清脆聲。腐朽的身體很脆弱，受到一點點的撞擊就會毀損。
柊子緩緩爬起來。
淚水從右眼滑落。一滴接一滴滑落的淚水，依舊十分美麗。
朽木的陣法算是破解了，但破解前被奪走了太多靈力。現在的風音沒有餘力破壞枯木的結界，也沒有力氣袚除湧向這一帶的陰氣。

必須暫時撤退，重整旗鼓再來。
風音作了這樣的判斷，正要轉身離去時，一陣暈眩，踉蹌了幾步。
幸好勉強支撐住，沒有倒下來，但頭昏眼花，短暫失去了意識。
所以，沒注意到背後有氣息靠近。
勉強熬過去，正要轉身時，覺得脖子劃過一道冰冷的疼痛。
「唔……」
回過神時，文重佈滿血絲的眼睛就在眼前。
垂下視線，就看到男人手上握著沾滿血的短刀。
衝鼻的血腥味瞬間變濃了。
視野角落出現了鮮紅色。
自己身上的衣服，從領子到胸口被沾溼的觸感，逐漸擴大。
風音的膝蓋瞬間癱軟。
在滴答滴答的淌血聲中，風音就那樣直接倒在地上了。
她看見紅色液體在眼旁擴散。用僵硬的手按住脖子，可以感覺到指尖沾染了獨特的黏稠物。

纏繞在按著脖子的左手的手腕上的布，吸了血，逐漸被染成紅色。

不好了。

呼吸變得急促。

「為……什……麼……」

是文重回應了她使勁力氣擠出來的疑問。

「妳是道反大神的女兒吧？」

風音愕然地倒抽了一口氣。知道這件事的人，應該只有安倍家的陰陽師、九流一族的人。

短刀從文重手中滑落，掉在血灘上，呸喳濺起血花。

文重把手按在血灘上，盯著染成鮮紅色的掌心。

「是菖蒲告訴我的。」

聽到這句話，柊子大叫了起來。

「文重哥，是那時候……！」

文重緩緩扭過頭，轉向慘叫的柊子。

他笑得十分溫柔、十分溫暖、十分沉穩。

「妳看，柊子，已經沒事了。」

把沾滿鮮血的手伸給妻子看的文重，開心地喘著氣。

「這麼一來，我跟妳都不會死了。這個血具有讓死人復活的功用，被稱為神之寶。」

柊子哭著猛搖頭。

「文重哥、文重哥，啊……！」

文重在不停嗚咽的柊子面前，慢慢把紅通通的掌心湊近嘴巴。

「喂，妳看著。」

「……唔……」

再也無法忍受的風音，閉上了眼睛。

以前，在與九流一族的戰爭中，風音曾用自己的血救過瀕死的六合。

六合記得這件事，但沒對任何人說過，一直埋藏在心底。

知道皇上命危，六合乞求風音，把她的血給皇上一次。

風音使用避開眾人耳目的法術，潛入清涼殿的夜殿，割破自己的手腕，讓皇上喝下流出來的血。

失去魂虫的皇上，仰賴她的血的力量，勉強又活過來了。

但是，皇上的身體太過虛弱，魂也被過度削弱，所以需要大量的血，才能回復到某種程度。

在昏厥前，她想起從寢宮出來時，因為貧血走不穩，她還提醒過自己近期內要注意不能受傷。

「……」

籠罩在黑暗裡的眼皮底下，彷彿看見了黃褐色的眼睛。

好冷。

這種時候，好想躺在你的懷裡。

「……彩……」

無數的拍翅聲靠近，掩蓋了她的低喃。

10

十二神將六合恍如聽到叫喚聲，眼皮震顫起來。

是幻聽。在這種地方，不可能聽見她的聲音。

留下她一個人，似乎比自己想像中還要令人擔心。

六合輕輕地甩了甩頭。

這想法可不能讓她知道，否則她會柳眉倒豎、杏眼圓睜地說：「你不相信我嗎？」

「啊，那附近。」

比古指的地方，有幾個屋頂零星散佈在樹林間，是個小村落。

驅風前進的一行人，降落在山裡。

「幸好在太陽下山前到達。」

昌浩看著沉落西山的太陽，喘了一口氣，比古也安心地點點頭。

「嗯，神將的風好方便。」

「這個嘛……是啊。」

眼尖的太陰，看到昌浩沒有馬上回答，生氣地吊起了眉梢。

「喂，昌浩，如果有話要對我說，就看著我的眼睛說啊。」

「沒，我沒話說。」

「你騙我，快說啊、快說啊。」

六合把步步逼近的太陰推到後面，環視周遭說：

「最好在太陽完全下山前，決定住處。晚上到處走動很危險。」

這時，東張西望的比古，指著一間屋子說：

「那間怎麼樣？四周沒有障蔽，視野遼闊。」

原來如此，他說得很對。

太陰攔住要往前跑的比古說：

「等等，我先去確認有沒有危險。」

「咦，沒問題啦。」

飄浮起來的太陰，兩手扠著腰說：

「不行！你全身都是傷，還說這種話！敢隨便行動，我絕不饒你！」

被太陰齜牙咧嘴怒吼的比古，沮喪地縮起了肩膀。

「知道啦。」

比古看著太陰飛向那間屋子，壓低嗓門說：

「喂，昌浩，神將都是那樣子嗎？」

「嗯，大概就是那樣子。」

「噯喲喲，很難應付呢。」

看比古真的很嫌棄的樣子，昌浩不由得苦笑起來。

「不會啦，他們都很……值得信賴、人都很好……該怎麼說呢，就跟家人一樣。」

比古面對思索著該怎麼說昌浩，表情忽然變得陰暗。

「嗯……我大概可以理解那種感覺。」

這時候，比古扭曲著臉，按住左邊的太陽穴，露出痛苦的表情。

「痛嗎？」

比古無言地點著頭。過了一會，疼痛緩和，他深深地喘了一口大氣。

太陰像配合那口大氣似的，從屋子探出頭來說：

「應該沒問題。」

跨出步伐的比古走得搖搖晃晃，六合看不下去，對他伸出了手。

「不好意思。」

比古坦然接受六合的協助。

屋子裡多少堆積了一些灰塵，但比起其他屋子整齊多了。

東西不多，感覺空曠、寬敞。

讓比古在鋪木板的房間躺下後，昌浩和太陰繞到後面察看。

那裡有間小屋，拉門破損，可以看見裡面。

昌浩看到草蓆，設法推開拉門，鑽進裡面。這裡也積滿了灰塵，但農具等東西都排列得整整齊齊，可見以前住在這裡的人，是個一絲不苟的人。

草蓆有點破舊，但還能使用。

攤開來一甩，灰塵便滿天飛。

大口吸入的昌浩，咳得很誇張，被太陰嘲笑。

躺在地板上的比古，茫然聽著他們的聲音。

沉默寡言的神將，弓著一隻腳，坐在他旁邊。

昌浩留下六合，而不是太陰，是因為知道比古想安靜地稍微休息一下。

在這方面，他一點都沒變。

「……」

比古閉上眼睛，回想一路來到這裡的經過。

◇　◇　◇

在菅生鄉神祓眾的首領宅院，蹲在還沒醒來的多由良身旁的比古，聽見陌生的叫喚聲。

他訝異地抬起頭，看到跟自己差不多年紀的年輕人，彎腰看著自己。

這是誰呢？他有點訝異，但對方綁在後面的頭髮、直率的眼神，敲開了他的記憶之門。

「昌浩……？」

他眨個眼，年輕人便笑了起來。

「哇，真的是比古呢，都認不出來了。」

比古心想我才想說這句話呢。

突然出現的年輕人長高了、肩膀變寬了，聲音更是跟記憶中完全不一樣。

比古不平地說出這樣的感覺，對方也不平地回嗆他說：

「你也是啊，比古。」

不高興的比古，被這麼一說，才想到自己的視線高度變高了，以前的衣服也都不能穿了。

多由良也說過，他的聲音變得低沉，更洪亮了。

可是，除了多由良以外，沒有人認得以前的他，所以沒什麼真實感。

一路搭乘神將之風來到菅生鄉的昌浩，聽螢說完冰知的事、樹木枯萎的事，就說要直接去阿波。

比古要求他帶自己一起去。

看昌浩滿臉猶豫，比古對他說：

我的確在阿波遇到了冰知。這件事我記得。可是，冰知為什麼不見了、我為什麼會遍體鱗傷、逃來這裡之前發生過什麼事，我全都不記得了。

所以，去阿波，再走一次走過的路，說不定可以想起什麼。

更重要的是，比古絕不能原諒把多由良傷成那樣的人。

四年前，比古失去了三個家人，現在只剩下這隻狼。

這個重要的唯一家人，被傷得體無完膚，比古絕不能保持沉默。

照顧他們至今的螢，表情十分為難，多虧昌浩居間溝通。

昌浩說換作是自己也會那麼做，螢也會吧？

被這麼一問，螢也啞口無言，心想或許真如昌浩所說吧。

她深深嘆息，把止痛符、更換的傷藥等，可能用得上的東西都準備好，讓比古帶走。不過，完全沒有食物。

據昌浩說，她的意思是「食物之類的東西，自己去山裡找吧」。

昌浩笑著說：「現在這個季節，應該沒問題吧。」比古也這麼想，不過，很訝異昌浩現在會說這種話了。

在神氣的風裡，沒辦法聊太多。比古希望哪天有機會，可以好好坐下來，聊聊自己在做些什麼、昌浩在做些什麼。

昌浩的突然出現，讓比古大吃一驚。

但吃驚之餘，更覺得開心。

可以見到認識以前的自己的人，比古真的、真的很開心。

◇　　◇

把草蓆交給六合後，昌浩和太陰去附近走走。

太陽完全下山了。

昌浩對自己施行了暗視術。

「希望能找到水，像是沼澤或河川。」

離開比古所在的屋子後，他們邊往樹林深處走，邊豎起耳朵仔細聽，感覺有動物和貓頭鷹的氣息。

但只留下氣息，附近什麼也沒有。可能是察覺有人，早就逃到遠處了。

「可見……不久前這裡應該還有人。」

「是啊，屋子裡面很整齊，破損也不嚴重。」

兩人小心走著走著，發現一條羊腸小徑的痕跡。

被荒草掩蓋的道路，大約兩個人可以並肩通行的寬度，排列著小石頭。

「可能是為了不要走岔了。」

「可能是吧，這附近不小心走進山裡，會有危險。」

沿著小石頭往前走的兩人，經過好幾個草木繁茂的地方。

沒多久，他們發現了一個現象。

樹木枯萎了，處處可見腐朽的樹木。

越往前走，朽木越多，走沒多久就全都是朽木了。

突然，走到了開闊的地方。

有月光，所以不完全是暗夜。

昌浩對自己施行了暗視術，太陰是神將，視力也很好。

所以他們都清楚看見了。

有很多墳墓排列在那裡。

這裡離比古所在的那間屋子不遠，直到這附近都屬於村落。

昌浩小心避開墳墓，往更裡面走。

墳墓沒有任何加工，只是把石頭堆砌起來。快要腐朽的木頭上面，刻著像是文字的圖騰。

越往裡面走，墳墓與墳墓的間隔越大，上面立著石頭或木頭。

昌浩和太陰往回走。

離屋子越近，墳墓的數量越多，間隔越小，漸漸變成只有在隆起的土堆上豎著朽木的墳墓排列。

感覺很像死人不斷增加，只好死一個就隨便埋一個。

好多墳墓。這些幾乎沒有間隔的墳墓使空氣沉滯，看起來莫名地歪斜扭曲。

胸口怦怦狂跳。

榊的族人接二連三滅亡。這樣子是不是很像柊子說的楸的村落呢？

可是，這裡是阿波。聽說楸以前是住在伊予國，所以不對。

不過，柊子曾經住過阿波。

總不會是……？

昌浩轉身向前走，太陰默默跟在他後面。

聽說比古與冰知是在讚岐和阿波之間的國境相遇。

他們兩人都是同樣的想法。

都要調查樹木的枯萎是如何擴散的，查出源頭在哪裡。

起初，兩人彼此提防，但知道彼此的來歷後，決定一起合作。

他們的目的一樣，都是要阻止樹木枯萎。

都認識住在京城的陰陽師安倍晴明與其孫子，也成了他們共同的話題。

昌浩聽說這件事時，覺得很不可思議，自己竟然在毫不知情的狀態下，連結了兩個人。

冰知與比古、多由良一行人，進入阿波，邊蒐集智鋪眾的傳聞，邊前往那個根據地。

在來這裡的途中，比古想起他們也來過這個無人的村落。

於是，昌浩他們由比古帶路，來到了這裡。

穿過茂密的樹林，就看到那間屋子浮現在黑暗中。

昌浩鬆口氣，正要跑過去時，眼角餘光掃到一樣東西，就停下了腳步。

有棵腐朽的高大柊樹，聳立在剛才找到草蓆的小屋後面。

「柊……」

昌浩喃喃低語。

雖然沒有根據，但他認為這裡一定是柊的鄉里。

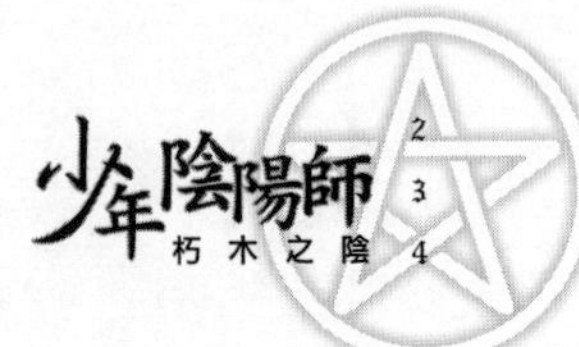

這個想法應該沒有錯。

柊快滅絕了，所以柊的朽木象徵著這個事實。

正要回去的昌浩，就是在這時候聽見低鳴般的拍翅聲。

「！」

昌浩很快掃視周遭。

樹木的縫隙間有比黑夜更漆黑的東西蠢蠢欲動。

「黑虫……」

定睛仔細一看，黑虫飛來飛去聚集的地方，就是剛才去過的墳墓的方向。

成群的黑虫目前沒有攻擊昌浩他們的跡象。

悄悄往後退的昌浩，忽然瞠目而視。

有個佇立的人影，躲在成群的黑虫後面。

「菖蒲……」昌浩瞪著黑虫，對太陰說，「太陰，妳看見了嗎？」

太陰循著昌浩的視線，瞪視大群黑虫的後方。

「你是說那個女人？」

「對，她就是菖蒲。」

菖蒲揮著手，像是在招呼定睛看著自己的昌浩。

看見她的手上似乎有個白色的東西，昌浩吊起了眉梢。

遠遠也看得清楚，那是魂虫。不知道是皇上的還是敏次的。但是，昌浩來這裡就是為了取回魂虫，不論是誰的。

昌浩沉住氣，默默衝了出去。

太陰看透他的行動，邊追著他，邊送風給六合傳訊。

率領黑虫的菖蒲往前跑，像是在引誘昌浩。

追逐著菖蒲的昌浩，越過好了幾座墳墓，穿過了大量樹木枯萎而腐朽的樹林狹縫。

邊追逐邊心生疑惑。

他們為什麼要收集魂虫？

他們為什麼要讓死人復生？

他們企圖打開門；企圖打開被隱藏的真正之門。

然而，在這個國家，有無數個榊做出來的名為「留」的虛假之門。真正的門被混在「留」裡面，沒有人知道所在位置。

起碼，知道的榊眾都一個個死去了。

現今只剩柊子和投靠敵人的菖蒲。
忽然，腦中閃過在京城的朱雀大路見到的榎岦齋的身影。
昌浩第一次見到那個男人，是在遙遠的伊勢之地的夢裡。
想到這裡，昌浩的眼皮震顫起來。
見到岦齋本人是在夢裡，但自己在那之前也見過他。
就是那個被稱為智鋪宗主的男人。
以前，岦齋因為敗給件的預言而喪命，有其他什麼東西進入了他的軀殼，自稱是智鋪宗主，在暗中活動。
忽然，昌浩想起了傀儡。
想起腐朽到只剩下骨頭的傀儡們的模樣。
然後，又想到一件事。
榊眾陸陸續續死亡。難道他們都跟岦齋一樣，屍體會被拿去利用？
為了讓那些人死而復生，所以需要很多魂虫嗎？
這麼一想，就能說明菖蒲收集魂虫的理由。
那麼，那個叫「祭司」的男人，也是其他什麼東西進入了某人的屍體吧？

「……」

想到這裡，昌浩的背脊掠過一陣寒意。

智鋪的祭司是個法術高強的人。

智鋪宗主應該也是這樣。這個進入榎岦齋的屍體，自稱為宗主的人，可想而知，是直接利用了榎岦齋本身具有的力量。

那麼，祭司一定也是個具有強烈靈力的人。

昌浩認識一個這樣的人，就是在阿波斷絕音訊，從此下落不明的男人。

「……」

昌浩的胸口劇烈狂跳。

被稱為祭司的男人，為什麼一直蓋著布？是不是跟菖蒲一樣，有不能把臉露出來的理由？

沒錯，比如說……

頭髮和眼睛的顏色，完全異於常人——

「不會吧……」

冰知失蹤了，一直沒回來。螢說到處都感覺不到他的氣息，連他是不是活著都不

知道。

不會吧。不會吧。不會吧。

抹不去的不安，慢慢地擴散開來。

拍翅聲越來越大聲。

成群的黑虫數量更加龐大，不覺中包圍了昌浩和太陰。

收到從縫隙鑽進來的風，十二神將六合站起身來。

比古察覺，跳了起來。

「怎麼了？」

「有敵人。」

六合才剛轉身，比古就從他旁邊飛也似的跑過去了。

「比古，等等，你的身體……」

比古瞪著想攔住自己的六合，以怒火燃燒的目光怒吼：

「我怎能放過把多由良傷成那樣的敵人！」

狼一直閉著的眼皮震顫起來。

毫不厭倦地盯著狼的時遠，張大眼睛叫喚姑姑。

「姑姑、夕霧，多由良醒了。」

比古說了狼的名字，所以時遠中規中矩地叫著狼的名字。

在螢他們趕來之前，狼就張開了眼睛。

醒來的多由良被陌生的臉包圍，頭腦混亂得一片空白。

它搖搖晃晃地試著站起來，但全身疼痛，發出了慘叫聲。

蹲著的時遠，笑著對趴坐的多由良說：

「放心，你很快就能復元了。」

多由良甩著尾巴，不斷喊著比古的名字。

「比古嗎？他跟昌浩一起去阿波為你報仇了。」

聽完螢的說明，多由良張大眼睛大叫：

「不行……！」

◇◇◇

被黑虫引入腐朽的森林裡團團圍住的昌浩和太陰，瞪視著嘻嘻竊笑的菖蒲的一舉一動。

昌浩發覺這座森林飄盪著有點甜、又有點黏人的詭異臭味。

酷似他所知道的屍臭味。

腐敗的朽木散發出來的味道，跟屍臭味一樣。沉滯在整座森林的這股味道，使空氣歪斜扭曲，東西看起來都變成了好幾層。

大群黑虫的動向，只能靠拍翅聲來判別。但是，歪斜的空氣會使感覺變得遲鈍。

太陰的風包住了昌浩。

「我會幫你把所有的虫都吹走。」

「那我就放心了。」

昌浩邊回應邊結刀印，把刀尖抵在嘴巴上。

「嗡阿比拉嗚坎夏拉庫坦……」

數量更多的黑虫的拍翅聲排山倒海而來。仔細一看，黑虫從沉滯的空氣的歪斜，接二連三飛了出來。

菖蒲歪著頭向昌浩招手。

成群的黑虫向她聚集，遮蔽了她。陰氣充塞而產生歪斜的那一帶，溫度急遽下降。周圍的樹木逐漸枯萎，瞬間便腐朽潰爛了。

黑虫飛來飛去，彌漫著汙穢的朽木散發出來的屍臭味，令人窒息。

昌浩大叫著驅趕黑虫。

「南無馬庫桑曼達、吧沙拉旦、顯達馬卡洛夏達、索瓦塔亞溫、塔拉塔坎、漫！」

與真言同時揮出刀印，靈氣便化為火焰的漩渦，貫穿了大群黑虫。

菖蒲瞠目而視，轉身要逃走。

「別想逃！」

太陰發出怒吼，擊出了龍捲風。

菖蒲捧著魂虫跳到旁邊。她剛才所在的地方，被龍捲風刨起大洞，土沙漫天飛揚。

「昌浩！」

突然聽見叫喊聲，昌浩倒吸了一口氣。

扭頭往後一看，是比古和六合跑過來了，昌浩大叫：

「笨蛋，不要過來！」

黑虫兵分二路，從兩旁繞到兩人背後，阻斷了他們的退路。

「我們特地趕來，你還罵我們笨蛋！」

「我又沒叫你們來！」

「你說什麼?!」

「受傷的人應該乖乖躺著！」

「你……！」

被昌浩劈頭大罵，比古氣得張大了眼睛。

「想想現在的狀況！」

但是，被六合一斥喝，昌浩和比古都安靜下來了。

發現菖蒲的比古，緩緩舉起手說：

「就是她把多由良……」

說到這裡，比古蹙起了眉頭，心想真的是她嗎？

疼痛從太陽穴慢慢滲出來。

總覺得哪裡不對。控訴般的波瀾，從被塗成一片漆黑的記憶深處湧上來。

這時候，黑虫的拍翅聲更響亮了，菖蒲前面出現黑色團塊。

群聚的無數黑虫啪啦啪啦飛散，就看到纏著布的男人站在那裡。

菖蒲一看到他，就溼了眼眶。

「祭司大人！」

昌浩邊瞪著跑過去的菖蒲，邊小心打量男人的模樣。

即便是一句話也好，只要清楚聽見聲音，就可以知道是不是他。

在菅生鄉時，昌浩每天都會跟冰知說話。

對他的聲音再熟悉不過了，沒見到人，光聽到聲音也知道是他。

「……」

站在昌浩旁邊的比古，扭曲著臉，按著左邊的太陽穴。

頭疼從太陽穴直穿腦際。

「哇啊啊啊啊……！」

比古痛得忍不住跪下來，被漆黑籠罩的某種東西應聲碎裂般的劇烈衝擊，貫穿了他的大腦深處。

抱著頭蜷縮起來的比古，氣喘吁吁，沒辦法動。

「比古？你怎麼了？喂，振作點啊！」

花容失色的太陰挨近比古。

昌浩很擔心比古，但視線沒有離開過男人。

被稱為祭司的男人，把手伸向了遮住身體的布。

「——這樣不行哦，菖蒲，要處理得更俐落點嘛。」

「……！」

昌浩吸口氣，終於放心了。

不，那不是冰知的聲音，是沒聽過的聲音。

「……」

可是，昌浩忽地瞠目結舌。

他突然想起來了。

不，他聽過，聽過這個聲音。

「……咦……？」

茫然張大眼睛的昌浩看著男人。

菖蒲依偎在祭司身旁，撒嬌地說：

「對不起，祭司大人，我沒想到那個男人還活著……」

菖蒲望向了跪坐在那裡的比古。

緩緩抬起頭的比古，搖搖晃晃地站起來。

他一臉茫然地注視著祭司。

「是你……」

昌浩趕緊扶住蹣跚地跨出一步的比古。

「比古……」

比古被昌浩抓住的肩膀，劇烈地顫抖著。

沒多久，比古把臉扭成一團，忍不住大叫起來。

「是你……是你把多由良……」

祭司像是在回應比古這句話，撥開了遮住臉的布。

露出臉的男人，嘴角浮現爽朗的笑容。

昌浩認識這個男人。

不，是以前認識。

但從來沒有想起過。

因為四年前，這個男人在奧出雲的鳥髮峰被土石流捲走，應該已經死了。

胸口撲通撲通狂跳。

昌浩想起滅絕的眾榊。

想起曾因病而亡，又因取得魂虫而復活的柊子。

想起已經沉入大海，卻還活著擁戴智鋪的菖蒲。

「……」

心跳加速。

智鋪宗主是榎岦齋的屍骸。

是死而復生，或是——

「為……什麼……」比古椎心刺骨地吶喊，「為什麼……這麼做……」

回看著比古的男人，沉靜地微笑著。

「……真鐵……！」

那是充滿絕望、心如刀割的悲痛聲音。

「好久不見了，珂神比古。」

真鐵是九流族的後裔之一，男人擁有他的臉，用令人懷念的聲音叫著比古的名字。

那個聲音與記憶中的聲音分毫不差，昌浩和神將們都啞然失言。

「……！」

比古臉部扭曲，悄然無聲地當場癱坐下來。

啊啊。

逐漸毀壞了。

逐漸被毀壞了。

相信的東西。

想要相信的東西。

想挽回的東西。

逐漸毀壞了。

逐漸被毀壞了──

後記

道敷篇就快到最後一集了。不過，還沒完呢，呵呵呵呵呵……

配合《大陰陽師 安倍晴明：白面幽禁》的出版，三月舉辦了久違的簽書會。

到目前為止，大多是配合 Beans 文庫的《少年陰陽師》或《怪物血族》等新書出版舉辦，這是第一次舉辦單行本簽書會。

簽名的空白處，比以前都大！使用的筆也不是黑色，而是銀色！

現場螢幕排列著已經出版的書籍，而且全都是單行本，感覺很新鮮，看了就開心。因為是單行本，所以除了《大陰陽師 安倍晴明》系列外，也排列了《吉祥寺所有怪事承包處》，這一點我也十分感恩。

驀然回首，單行本已經出第四本了，今後還會繼續增加哦～

謝謝當天來到現場的讀者們。能夠與讀者直接見面的機會真的不多，所以我很想盡可能跟大家說說話，但礙於人數，沒有足夠的時間跟每個人一一交談，深感遺憾。

我收到了很多花、禮物和信，非常謝謝大家。簽名會結束後，我會仔細拜讀每一

封信。

簽名會時一團慌亂，所以我真的很感謝大家把想說的話，像這樣寫在信上，因為可以反覆看很多次，而且可以留下來。

另外，也謝謝在簽名會結束後，再把信寄到編輯部的讀者。信上很誠懇地寫著：我感動得不知道該怎麼說才好，當時我是想說這個、那個。

或許還是有言語無法傳達的部分，但心意我都收到了，所以放心吧。下次若還有機會，請再來跟我見面，讓我看看您神采奕奕的樣子。

這次我想機會難得，卯起來穿了和服。

在台灣的簽書會，我曾把浴衣當成夏服來穿，但在日本還是第一次。

插在頭髮上的簪子，是請京都職人特別製作的銀色五芒星。應該有人注意到吧？帶子的裝飾品，是第一次簽書會時讀者送我的七寶懷錶。

穿上和服，就會挺直背脊，把身體緊繃起來，感覺神清氣爽。若還有機會，我下次也想穿和服。

平時當然也會想，但那樣直接收到讀者的感想，就會更想努力創作。

首先要努力的是，也排列在簽書會上展示的《吉祥寺所有怪事承包處》！

我說過好幾次「下次要來寫寫《所有處》」、「《所有處》也要好好努力」等等，現在總算可以正式通知大家了。

託大家的福，將從電子雜誌《小說屋 sari-sari》二〇一五年六月號開始每月連載。不再是之前的不定期連載，而是每個月都會刊登！我會努力！然後，我會盡快把《所有處》的第二本單行本呈獻給大家！

說到電子書，由我的原作改編的漫畫《拂曉誓約》全兩集，出了電子版，正上架熱銷中。

這是以愛爾蘭塞爾特人為題材的劍與魔法的動作科幻小說，描寫熱忱、直率的少年奮戰到底的故事。裡面有一隻人可以乘坐的大鳥。

希望將來也能以某種形式，寫這部小說的後續。

不時會有讀者詢問我這樣的問題：

「請問您推薦京都的哪個景點？」

這個嘛……問我可能不如問京都的觀光導覽處，或是去請教京都的計程車司機先生。

詢問者主要是學生，所以我猜應該是想在校外教學旅行時去玩。

不過，我也知道，會特地來問我，應該不是想知道非常一般的京都推薦景點，而是有什麼歷史背景或與安倍晴明相關的那種地方（咦，不是？可是，觀光地或美食之類的資訊，來問我真的不如去問京都觀光……以下省略）。

可是，晴明神社是基本中的基本，而貴船對校外教學旅行來說又太遠了。爺爺的墳墓，也會因為同樣的理由被駁回吧？既然這樣，只剩安倍家的人都工作過的京都御所了。可是要參觀御所，基本上要事前申請。春、秋有開放給一般人參觀，但人多到爆，對有時間限制的學生來說有點困難。

冥官每天晚上去冥府時，都會經過有水井的六道珍皇寺，那附近有因為古老傳說而聞名的「幽靈子育飴」，或許能成為話題，但我不得不懷疑，參觀那裡能算是「校外教學」嗎？

好難喔，推薦景點必須跟爺爺有關係，又必須具有校外教學上的意義。可能的話，推薦還不太有人去的私房景點會比較有趣……

啊，是有這麼一個地方，但我自己也還沒去過。

不過，是不是允許外人進入都是個問題。

因為上述景點是與皇室相關的幽深古剎。

這座古剎是佛教淨土宗大本山，名為清淨華院。描寫安倍晴明大人率領式神舉行泰山府君祭的知名畫卷「泣不動緣起繪卷」，就是收藏在這家寺院。「泣不動緣起繪卷」就是這本書裡，成親大哥提起的爺爺的那件事。

我很喜歡神社、很迷神道、很迷神明，但這輩子幾乎與佛教無緣，完全不清楚繁瑣的禮法之類的東西。

也因為這樣，我總覺得那裡的格調太高，以區區一個作家的身分，要進去蒐集資料，根本是癡心妄想，不可能做得到，怎麼樣都沒有勇氣去嘗試。

但這次正好是個機會，我決定在放棄前，先破釜沉舟試一試。

首先，要確認是否開放外人參觀。我在網路搜索，找到了官網。上面有詢問處，所以我打去那裡詢問。

光：「呃，不好意思，我是某某某，因為這般那般，希望可以去參觀，請問一定要相關人士才能進去嗎？」

接電話的人：『謝謝來電詢問！不、不，我們的大門隨時敞開，所以您任何時候都可以來參拜哦～』

咦，是這樣嗎？話說，和尚通常給人比較嚴肅的印象，這個人的語調卻很爽朗、

愉悅。
光：「官網沒有記載參觀費用，請問……」
接電話的人：『啊，我們沒收費用。所以，真的不用客氣，歡迎參觀。除了主要神明外，不動神明也會很高興有人來祭拜。如果事先聯絡，我們也會盡全力做導覽喲～』
光：「您所說的不動神明……是不動明王吧？（昌浩經常唸誦的那個真言！）」
接電話的人：『是的，知道的人可能不多，我們這裡的不動神明，跟那個知名的陰陽師安倍晴明也有關係呢～』
光：「謝謝，我一定會去。」
就這樣，我決定去收藏了那幅畫的淨土宗大本山清淨華院採訪。
篇幅已經用完了，所以，詳細內容會寫在下一本文庫本的後記。
大家覺得道敷篇第四集好不好看呢？請務必來信告訴我感想。
《少年陰陽師》、《吉祥寺所有怪事承包處》、《大陰陽師 安倍晴明》以及其他很多想寫的故事，我都會好好加油。
那麼，下一本書再見了，我想應該是道敷篇最後一集（預定）吧。

結城光流

國家圖書館出版品預行編目資料

少年陰陽師．肆拾陸，朽木之陰／結城光流著；涂愫芸譯 .-- 初版 . -- 臺北市：皇冠，2016.10
面；公分 .--（皇冠叢書；第 4583 種）（少年陰陽師；46）
譯自：少年陰陽師 46：朽木のひずみに群れ集え
ISBN 978-957-33-3265-7（平裝）

861.57 105018185

皇冠叢書第 4583 種
少年陰陽師 46

少年陰陽師——
朽木之陰

少年陰陽師 46
朽木のひずみに群れ集え

作　　者—結城光流
譯　　者—涂愫芸
發 行 人—平雲
出版發行—皇冠文化出版有限公司
台北市敦化北路 120 巷 50 號
電話◎ 02-27168888
郵撥帳號◎ 15261516 號
皇冠出版社（香港）有限公司
香港上環文咸東街 50 號寶恒商業中心
23 樓 2301-3 室
電話◎ 2529-1778　傳真◎ 2527-0904
總 編 輯—龔橞甄
責任主編—許婷婷
責任編輯—蔡承歡
美術設計—嚴昱琳
著作完成日期— 2015 年
初版一刷日期— 2016 年 10 月

法律顧問—王惠光律師

讀者服務傳真專線◎ 02-27150507
電腦編號◎ 501046
ISBN ◎ 978-957-33-3265-7
Printed in Taiwan
本書特價◎新台幣 199 元 / 港幣 67 元